JN113133

日本語を科学する

《王朝物語文学編》

塩谷 典

展望社

はじめに

この『日本語を科学する』というタイトルの基礎編として、初めに『言語・音韻』と『文法』の二編を中・高校生に分りやすく纏めた（平成26～29年）。それに続いて日本古典文学の応用編のうち第一巻として、我が国の古典文芸の生立順から見れば、「うた」の方が先に発祥していると考えられるが、『和歌文学』を第二巻としたのも『説話神話文学』がほとんどの教科書では先に取り扱われている状況から、『説話物語文学』を先にまとめたが、この第三巻『王朝物語文学』においては、文学史上では『竹取物語』や『今昔物語』が取り上げられなければならない古典であるが、この二編は〈昔話〉として第一巻の『説話物語文学』に取り上げたので、ここでは外した。しかも以下に採り上げようとする『王朝物語』の時期の作品には極めて多く、高校の教科書に採択されている古典の代表作品は「竹取・今昔」の他には、どこの教科書にも必ず『伊勢物語』と『源氏物語』は取り上げている。『伊勢物語』は百四十三段中十段近くの採択されている。また「源氏物語」においては長文を三・四章ほど選択して取扱っている。

したがってこの二作品については別冊にしてまとめることになる。

日本の古典文学の第二巻で取り上げた「古謡・民謡」の、まだ文字もなかった原始時代から奈良時代に至る幾世紀にも亘って、奈良時代に万葉仮名によって綴られた万葉集からの『古歌集』つまり『万葉集・古今和歌集・新古今和歌集』までの歌を、高校生の古典教材に依拠して、合計百首を選択して解説し前編に『和歌文学編』を刊行し、その巻で記述した通りである。

大和朝廷は、長い期間女性が前面に出て、呪文祈祷を中心とした呪術という、非科学的・非政治性による倭国家の方向性が国民への政策であって、文化文明の発展進歩は望むべくもなく、さらに遅延させていた。

しかし600年の初めに聖徳太子が小野妹子を中国の随に派遣して、大陸文化の輸入を図り、続いて630年に御田鍬ら留学生や学僧など六百人も唐へ派遣し、唐の文化や制度を輸入し貿易が開始されて、初めて日本民族に文字が普及し始めたのであるが、中国大陸ではすでに、それより１３６０年以上前から文字を使っていたことが、河南省のある村から発見された甲骨文字によって知られている。

日本における文字の最古といわれてきたのは福岡県糸島市の三雲・井原遺跡の土器に書かれた「鏡」、三重県松阪市の貝藏遺跡のやはり土器に書かれた「田」などが二～三世紀ころの文字と認められている。日本では文字が上流社会に普及したのは、漢字をもとに女性の手に因って創り出された滑らかな美しいひらがなであるが、その時期はこの第三巻で採り上げる〔王朝〕時代の物語文学であろう。

『説話物語文学』と同時代に口承によって発生したと思われる『和歌文学』は、それに次いで今ここに平安王朝の文学隆盛の時代に、民衆が最も読み込んだ古典を撰択して、第三巻を『王朝物語文学』の巻として、高校生諸君の学習の中心となっているといっても過言ではない『伊勢物語・大鏡・源氏物語』などを主体としてまとめ、一・二巻と同じように古典本文にしたがって、その語句の解説と意味・現代語訳・補足と鑑賞というパターンで解説を進めていきたい。

【日本語を科学する】《王朝物語文学編》●目次

【日本語を科学する】《王朝物語文学編》

第一章 『物語文学』の成立

歌謡は、祭式の場で歌われた神歌と、民衆の間で日常生活の豊穣を喚起したり飢饉や旱魃洪水による不作からの天恵を神に祈願したりする中で、成立してきたことは前編『和歌文学』の中で詳述した。

物語の発生も、歌謡と同じように、簡単に言えば神に祈願する時に感じた神秘的・伝奇的で神聖な状況を、氏族の語り部が子孫に口誦伝承した事を「語りごと」といい、神に関わらず自祖にも外れた他族に存続する異神を「モノ」と観て、自己氏族の語り部は、崇敬すべき自祖の神に関係のない「もの・こと」はすべて「物」と見做して子孫に伝承していた。それが上古の大昔から口誦伝承され、のちには「モノガタリ」というように進展してきたというのが、今日における学説である。それを具体的に歴史年表で科学して観ると、先の土器時代、今から約15万年も以前に生きた明石原人や、愛知の葛生原人・牛川原人などは土器時代中期（約45000年前）・さらに静岡で発掘された三ケ日人・浜北人（約20000年前）・同じころに沖縄ではほとんど整体のミイラとして発掘された港川人たちがこの日本列島に生きていて、生活していた無文字の大昔の事である。また仏教は、中国敦煌の千仏洞から高句麗↓新羅から百済を経て、時代は一度に下るが六世紀初め（538年）に大和の国（大和政権）に伝わり、飛鳥・

白鳳文化時代に花が咲いた。以後また長い期間を経過して、これも前編の「和歌文学」で記述した通り、中国より伝わった610年ころと言われているが、日本では野生の植物こうぞ・みつまたの繊維をすいて和紙を製造する方法を、すでに700年以前に大和の国の各地で生産されていた。その和紙に、漢字や万葉仮名で書き残されて現存している最初の文献は、柿本人麻呂家集（701年）であり、その後続いて、「古事記」（712年）、「播磨・常陸風土記」（715年）、「日本書紀」（720年）であり、奈良時代後期になると、「出雲風土記」や「備前・豊後風土記」（733年）、漢詩集の「懐風藻」（751年）に続いて「万葉集」（759年）と漢文や万葉仮名による文献がある。

この頃には遣唐使の廃止により唐風文化に替わり国風文化が進展し、さらに当時の文化を興隆させたのは、万葉仮名を簡略化し、流麗な文字を発明した女性たちの手によるひらがなの発明である。またそのひらがなを一層流麗に書き、「古今集」の撰者の一人である紀貫之や小野道風などの能書家が、和歌を美しく書き表し、和歌に適わしい流れるような表記述は、一層和風文化を発展進歩させ女性文化を興隆させた。

かつての語り部が無文字時代の大昔に、氏族の子孫に『物語』をした口誦伝承は、遙か後世になって説話物語を集大成して成立させた『今昔物語集』（1120年）に至ってその中の本朝の項目に加えられたのが最初である。しかし比較的大和時代に近い頃の「竹取の翁」についての伝承民話として採り挙げた『竹取物語』が、「王朝物語文学」の最初の「物語」である。かつての大昔の氏族の語り部が、物語ったのは「竹取の翁」

の生活ぶりと、異界の女性「かぐや姫」との出会い、そして翁夫婦との悲惨な別れの状況の場面だけである。その他の五人の貴公子の求婚譚や、最後の時の帝との熱烈な恋愛説話や「不死の山」は、当時の作者の時代批判であり、山名起源説話で、作者の創作・構成によるものである。

この「竹取物語」は前編「説話物語文学」の中で採択してあるので、この「王朝物語文学」では割愛した。

第二章　王朝物語文学

第一節　『王朝物語文学』の概観

平安時代という歴史的区分の一時期を『王朝時代』というのは、奈良時代以来天皇家の第五十代桓武天皇の延暦十三年（794）平安京遷都によって始まった平安時代に至るまで徐々に、藤原勢力により侵されたこれまでの天皇親政・摂関政治・貴族政権と変化した平安後期の時期を表現している。藤原一門が摂関政治の完成のもとに、権勢を藤原一族の思い通りにした全盛期であった。平安遷都の目的は、天皇家に深く介入した藤原氏の中央集権的律令制度の強化と浸透を目指した前期の天平時代に、藤原不《ふ》比等《びと》により確立した藤原一門は、桓武天皇後六代目に、まだ幼少の清和天皇の即位と同時に、藤原氏六代目の良房が摂政となり、その子の基経も父に引き継いで摂政からさらに関白にまで昇進した（880年）。その間、それまでの長期にわたり、王者天皇家を援助し支えてきた忠臣の大伴家や物部氏・蘇我氏など、有力者であった有名氏族が藤原権力により次第に排除され、暗鬱な事変が次々と引続いて起こった。「大伴家にはこれまでの忠臣を剝奪するように「大」を取り捨て「伴氏」と指名させられ（淳和天皇元年＝823年4月）、物部氏は百済からの仏像についての礼拝問題を生じ、蘇我守屋は馬子に殺され、のち「石川氏」と名乗った。文芸編》第一集『説話物語文学』「今昔物語集」の例文に付いての（補説・鑑賞）の部分（165頁）にも記述参照を」。世間の騒乱が治まってみると、律令制は崩れ、貴族や寺院の荘園が増大してていて、藤原氏の摂関政治もこの荘園からの保護により貴族生活を維持していた。

平安時代の初期頃までは、貴族社会における官途への昇進や日常生活の教養として、その子弟たちには漢文学習を奨励し広めていた。然し宇多天皇の遣唐使廃止（894年）により、大陸文化への関心も薄れ、漢文学習への意欲も衰退していった。このような時代の流れの中で、漢字から生まれた仮名の普及が進んでいた。日本の文字は先ず漢学を学習しているうちに、男性が漢字の一部を簡略化してカタカナを創り出し、それと同時に女性はその文字の簡略化の過程において、滑らかに美しく崩したひらがなを成立させていった。［詳述は『日本語を科学する』シリーズ第一篇『言語・音韻編』32〜42頁参照］。その頃の紀貫之や小野道風も漢詩漢文の書風から滑らかでありながら墨の濃淡により、ひらがなを一層絵画的に成立発展させた。ひらがなの美化を助けた当時の人物には、貫之・道風以外にも藤原佐理《すけさと》・藤原公任《きんとう》・藤原行成《ゆきなり》などの能書家がいた。これらの筆跡は、当時代の人たちが手本としていただけではなく、その書きやすく美しいひらがなの自由な表現を使って、これまで公の場に出る機会の少なかった才女たちはこの時期になると、さらに宮廷や藤原氏の周辺に多く集まり、歌合せだけでなく、私的な性質の文章を書き始めることとなった。［今日でも彼ら能書家の書風は「上代様《じょうだいよう》」と称してひらがな書きの理想とされている］。

大和国家が国際的関係、例えば遣隋使・遣唐使の派遣に初めて男性が政治性をもって行動する平常な時代になるまで、長い期間階級格差のない共同生活から、徐々に個人的な労働力・記憶力・着想力などの生活力に加えて発言力や言語能力により次第に個人格差ができ、言霊《ことだま》を信じ呪文祈禱によって神との対話・神の宣下を告げる巫女や呪詛が現れた。太古以来古代日本では母性社会が、大和朝廷の成立まで非科学的・非文化的で生産性の乏しい時代が長く続き、諸外国に比べるとかなり長期にわたることとなった。例えば隋・唐との国際関係の時代に到って、漢字の時代から仮名文字が次第に国民の間に普及し始め、仮名による各種文学が発展し始めた。中国の甲骨文字の時代に比べると千五百年もの遅れを見るのである。遣隋使・遣唐使が漢文や漢詩《からうた》を学び輸入してから、和歌《やまとうた》の盛隆を始めるまでを見ても、多くの個人的な物語が書かれる時期を迎えるに至ったのであるが、文化文明の発展進歩は、世の中が落着いて人間的な生活のできている時期が最も盛んで、それぞれ多岐に亘り深く進行発展してゆくという基本条件は、これまでの歴史が明らかに伝えている。

日本における文学の源泉は遠く、既に『文芸編』第二集『和歌文学』で取り上げているように、前期大和時代以前からの口誦文学《空間的にも時間的にも、次から次へと口伝えで語り伝えられた物語》で、それらが記載文学として文字に書き表された始まりは、奈良時代の『古事記・日本書紀・祝詞・風土記・万葉集』を源としていて、万葉がなで、時には部分的に二行に分ち書きをする宣命書きの表記法によって、書かれたものも含めて記載文学は生まれた。これら記載文学の始まりの時期においても、倭民族の自らの心の内を表現する中心は、「うた」であった。自己の想いの真実を正直に詠み上げ相手に告げることにより、人間的な深まりを強めていたのが万葉調の一つの特徴でもある。これは第二巻『和歌文学』で詳述している事であるが、万葉調のもう一つの特質は、見たまま・感じたままをそのまま正直に詠み写す素直で直線的な特徴（写実）がある事も既述した。

先にも記述したように、宇多天皇の遣唐使廃止に伴って、仮名文学の和歌《やまとうた》が再興し、当時の官吏や、官途に失意した当時の文化人や、女性の間では引続いて和歌は詠み続けられていた。ことに万葉仮名から簡略化して、さらに女性の手により次第に成立した流麗なひら仮名（をんな手）が、いっそう歌心を滑らかにしていた。

清和・陽成天皇の頃から始まったといわれている宮中での歌合せなどが盛んに行われるようになり、和歌はこれまでよりさらに、貴族社会では教養として重要項目となっていた。歌合せは、はじめ男性だけで行われていたが、女性もいろいろな方法で参加するようになり、〔読み手に加わったり男女対抗の形式にしたり、その歌の判者になったりして参加した。詳細は『和歌文学』を参照〕歌合せはその主催者から出される題詠によって詠まれる事が多くなり、次第にこれまでの「万葉調」と異なって、理知的で観念的で技巧が重んじられる「古今調」に変わっていた。

この時期の初めの各種の文学は、和歌も物語も男性の手によるものであった。先ず、紫式部によって「物語のいできはじめの祖」といわれた『竹取物語』も、作者は不詳ではあるが、宮廷に関わる教養のある知識人の男性と見做されている。その内容から見て、口承性を物語の構成の中心として、広く庶民への愛着心を持って書きすすめられた素晴らしい『日記文学』も、紀貫之の『土佐日記』の冒頭文にあるように、本来男性が公務上の日嗣の記録を書き続けていたものであるが、これは貫之の時代の日本の文化の発展状況を見通した鋭い先見性に驚かされる。『土佐日記』の後四〇年近くの年月を経て「日記文学」はこの王朝時代の特徴的な状況を貴族たちの子女によって文芸的に描写し、多くの宮廷貴族のみならず一般生活者の目を引く興味深い文学となり、その糸口となる「日記文学」には『蜻蛉日記』がある。藤原兼家に強引に結婚をさせられ道綱を生むが、兼家の正妻でない作者は、多情な兼家の生き方に着いてはいけず、悩みながら長谷寺や石山寺に籠りながら、道綱の成長を楽しみ、兼家の愛をあきらめる決心をする。当時の女性に多いあたかも蜻蛉の様にはかなく生きている自己の内省の記録として綴った『蜻蛉日記』を初めとして、『和泉式部日記』・『紫式部日記』・『更級日記』と女性の手による「日記文学」が世に出て、後世に残される素晴らしい作品が出されたのである。

前述したように藤原氏の摂関政策は、天皇家と相計りながら、地方の中流貴族に地位を与え、各地へ受領を配属したり、地方の豪族を呼び集めたりしていた。これらの受領や豪族の子女が中央との結び付きによって、次第に文芸的才能の花が開き、この王朝時代の文学は女流文学者によるものが多い。その多くは受領階級である中流貴族階級に属している。文芸的・政治的な面だけでなく、天皇家の外戚となってさらに権力を確実にするために、常に一族の女《むすめ》を入内《じゅだい》させ、后や中宮の位置に就かせようとしたり、宮廷への出仕をさせようとしたりして和歌を始め、王子と等しい教養を身に付けさせたり、さらには自ら筆を執って文学作品を書くようにまでに育て上げた。これら受領階層は、高級貴族の任命によって各地任国の支配権を一任され、一層貴族化した。これは前時代に比べて大いに勢力圏を増大させることになり、それら生活力を身につけた受領階級自身、まず文学を通じてものを考えることを習慣化し、伝統的に引き続いて文化の価値を理解し尊重することの重要性を自覚するに至り、それぞれの子女たちにも（『日本語を科学する』の「文芸篇＝和歌文学」第１章第一節一の後半部から二にも、同様の趣旨を記述。参照されたい）豊かな文芸教育、文化的認識教育により生育して、王朝宮廷に集合する結果となった。そのような状況の中で、この時代の一代傑作である『源氏物語』も生まれたのである。

古今東西国際的にみても、封建時代から絶対主義的王朝時代に至る特徴は世界共通しているように思われる。

例えばよく言われているフランス王朝文学も、日本と同様女流文学者が当時の代表作品の主流であった。まず第一には、文字通り民主的政治体制は縁遠く、人民の生活とは関わりなく進められている。したがって文化的なものはすべて王朝の宮廷に集まってくる。王朝の宮廷を形成するには、王者とそれに伴う豪族・貴族が互いに利害関係を切磋し理解し得た上で、妥協しながら継続している。最後に宮廷における人間関係は開放的であり、時には抑圧的でもある。矛盾しているようではあるが、直前に取り上げた互いの利害関係に関わりがあることによるのである。このように一般的な特徴をあげてみると、我が国においては、平安時代（特に後半時期）がその典型である。王朝物語文学は、貴族階級を超え、王権が機能し存在している時代の規制に見合った物語文学の時代であり、文化活動の時代であった。平安京遷都以来四百年足らずを経て、征夷大将軍となった源頼朝が鎌倉幕府を開いた後は、内戦に続く内戦で文化不毛の時代に入るのである。それまでの間を「平安時代」または「王朝時代」と言っている。

平安時代の末期になるが、貴族階級が衰退し、物語文学が衰退すると、藤原一門の栄華を賛美し、その最盛期にあこがれて描かれた「栄花物語」が文学史上に残っているが、その反面道長を中心に、藤原氏一門の権勢を紀伝体で批判的に描いた「鏡物」の冒頭作品として『大鏡』が書かれた。最近の高校の教科書には、どこの出版社も『大鏡』から数か所の部分を抜き出して取り上げている。

第二節　『王朝物語文学』の特色

この時代の文学にかかわらず、物語文学ではすべて人間関係における心の機微に触れた人間性の細やかな変化発展と、成立熟達の変化が主題にされる物語文学が、平安時代も特にその後半部分では、地方の豪族や貴族の子女だけでなく、それぞれの国の目立つ教養の積まれた美女が、宮廷の男性の何倍もの多数が集まってきている。したがって一夫多妻制が自然成立してしまった訳である。例えば天皇の周りの女性には、最高級女官＝後宮《こうきゅう》としては妃《ひ》・夫人《ふじん》・嬪《ひん》＝平安時代になると妃以下の名がなくなって、あらたに女御《にょうご》・更衣《こうい》と言われ、妻妾のほかにも内侍司《ないじのつかさ》という高級女官が十人以上と、合わせて十数名の貴族の子女が選ばれている。高級女官に選ばれなかった女官もすべて命婦《みょうぶ》という名で呼ばれていた。しかし貴族や豪族の子女以外に、彼らに伴われてきた家柄の低い女官たちも、皇族の雑役を任せられていた女官を女孺《じょじゅ》といい、配膳担当を任務とする女官を采女《うねめ》と言っていたが、たとえ采女であっても、皇族の生活にかかわる任務を仕事としているうちには思いもよらず、皇族の目に留まり、急に高級女官に昇格する幸運な女官もいる（例えば「和歌文学」の巻の「万葉集」巻十五の3724番の佐野弟上娘子《さののおとがみのむすめ》と中臣朝臣宅守《なかとみのあそんやかもり》の相聞歌に見られる例がそれである）。勤勉に任務を果たした女官には、自分の部屋＝（房・曹司）が与えられた女官を一般に「女房」と呼称している。しばらく停滞していた和歌の世界も女房が主催して、再び和歌が宮廷生活での文化的娯楽として再興されたことも「和歌文学」の巻で記述した。

　その時期からやや下った平安中期以降の女房には、王朝宮廷において歌会に参加を重ねるうちに次第に力をつけ、王侯貴族の子弟教育係としてその資格を得た女房たちは、「初冠《うひかうぶり》＝元服」前の若者に、教育し奉仕することもこの宮廷社会では始まっていた。あるいはまた侍女に対しても女房というようになったのは、皇族付きの女官や皇妃付き女房との格差がなくなって来たからである。皇妃の女房は、女房生活に熟達するにつけ、主人の后妃が仕える天皇への気持ちを引き寄せるように、他の女御や更衣より后妃らしい気品と教養を援助して、天皇に目立つ所作を機会あるたびに進めるような任務が、女房の間では厳しい裏面の任務内容となってきていた。その結果、高級女官以外の女房を、皇族の男性が目をつけて取り立てることが起こり得ることもしばしば生じていた。女性の人数が多い王朝宮廷社会では常に起こる状況である。女房出仕の伝統は、摂関政治が進むにつれて、女御・更衣に差し出す家柄の功名にかけて、天皇の后の座を得た以上は、特に文才の優れた品格の備わっている女性を得て、天皇や東宮にも后である娘から、その度ごとに儀式行為や文芸的香りの深い自然な所作がなされるような日常生活を為しえる後宮を、受領や士大夫の四位・五位以上の上達部の子女の中から選び出されて、いわゆる行儀見習いの時期を摂関家などに奉仕することによって、后に成し上げた娘を後宮に送り込むような手立ても行われていた。この時の天皇の周りに置かれていた后妃たちの心情はさまざまで、複雑な変化がないということはなく、その時に新しい高級女官になり得た女房の心情は雲上の気分であろう。このような社会から逃れ解放されようとする志向の中から、後宮として上れなかった女性は、その時の年齢にもよることであろうが、次を待つか普通の女房として生きるかであるが、すでに年齢の高い女性は最後の道として出家剃髪して尼僧の道を選ぶ者もいたという。

さらに現実世界を見つめ、その中に潜む不義・虚構・諦観・苦悩・批判・真実の認識が物語文学の成立となっている。代表は言うまでもなく紫式部の『源氏物語』をはじめ『宇津保物語・落窪物語』が当時王朝時代の散文物語である。在原業平の生き方を描いた『伊勢物語』では、女性ではなく男性の場合であるがやはりこの王朝社会の中では生きがたいと感じた一人である。

王朝宮廷社会における生活の全面が恋であり、王朝文学において扱われる素材は、勅撰集や歌集を見ても恋歌であって、たとえ四季や風物を詠んでも恋の彩り濃厚な詠み歌が大半である。ましてや物語文学においては恋の世代風俗も事細かに描写している。万葉時代の相聞歌においてはあくまでも二人の真心を偽りなく共に詠み交わしていた(前巻『和歌文学』第一章・第一節の一参照)。しかし王朝宮廷社会では、「どの時代よりも王朝の社会、風俗の最たる姿を描写している点で、まさに王朝人の生活の全部を占めるものといえるであろう。その生活とはもとより人間の生に根を下ろした基盤を言うのではなく、平安朝という特殊な貴族文化社会に明け暮れする彼らの日常行為(習慣)を指すのである。平安時代はこの意味で万葉の時代とは質的に異なる恋愛文化ともいうべき現象を出現させた」と非常にわかりやすく、日本の『王朝時代』の一面を青木生子日本女子大学の先生は纏められている。

これらの複雑にして深遠な心情は女性のみならず、その状況にかかわる男性にとっても心の動きはあるはずである。この時代に生きていた貴族の一人であった在原業平は、その頃の状況に深く矛盾を感じたのであろう。それらの心情変化をどのように表現しようとも的確性には不足していて、総てを表現しうることは難しいがそれを把握するには当時個々の女房が、それぞれの生活の身辺状況や対人関係の一部を「うた」によって表現していたのである。その場の情況や構成、あるいは詞書や後書でその「歌」の詠まれた場面の物語化、つまり先の「歌物語」の成立である。〔宮廷社会では文字の読めない成人はいないであろうが、地方に行けばまだまだほとんど一般庶民には『歌物語』などの流行物語など日々読み続ける能力も時間もなかった時代であった。農閑期か天候不順の日に、文字の読める人に頼って読み聞かせの時を待つのである。そのような時には「歌物語」は、伝統的に、上古の大昔から続けられてきたような「口誦説話」の様に、「歌」がその話の中心である歌物語では、『歌』の部分は朗詠し誇張して、聴き手に感動を感じさせるように謡うのである。散文の部分は「説話物語文学」編でも既述したように、語りたい「モノ」をその内容によって、自然の風物はその描かれている時と場所により特色づけて語り、物語に登場する人やその人の気持・心の状態も作者の目で客観化し一般化してさらに、物化して捉えたところで文章化していることから、書き手（作者）の表現している相手の人の心情表現も「物」として「語」る、ということである＝（少し長くなったがここまでは「歌物語」を「科学」して私なりの解釈である）〕。

さらには宮廷社会に生活する女房たちが、見たり感じたりした事実をリアルに写し、日常を記録し始めた「日記文学」で書き綴られ始めた。それに描かれている偽りのない内容から、読者は王朝時代の宮廷社会における現実についての状況把握はかなり可能であり、その際にそれぞれの書き手が使う『王朝物語文学』に見る理念用語には、例えば《あはれ・をかし・おもしろし・うつくし・みやび・けうら・まこと・なまめく》などのことばを遣って表そうとしている。それらの美意識の内容についてはその都度意識しながら、次の『王朝物語文学』のわずかな作品であるが、これまでのシリーズと同じ順に従って、以下に解説し学習者諸君に協力したい。

第三章　『伊勢物語』

第一節　「伊勢物語」の概説［作者・成立時期と、その内容の構成］

藤原摂関家と皇室が日本の一時代を形成した王朝時代は、歴史的には和歌が抒情詩として発生し進化発展して、叙事詩的説話・物語に展開し平安時代に至り各種物語文学の最盛期を生み出した。先ず和歌の再盛に伴い、その和歌を中心とした詞書の加筆拡大により物語化した文芸が「歌物語」である。この種の中で、中・高校生が学ぶ古典文学の教材も多種多様である。「文芸篇」の第二集である『和歌文学』の巻のように、『日本語を科学する』の第二集「文法編」下巻末尾の【引例索引】を拠り所として、その多用されている作品から選択し、加えて「文法編」を読んでいる高校生が現在、学習中の教科書の目次コピーも資料にして、その中から「王朝物語文学」を、文学史上から見て学習順に取り上げ、学習者諸君の参考書として使い良いものにしようと考えた。その和歌の選定と、選定作業の煩雑さのために大いに時間を費やした。

『伊勢物語』は、「歌物語」としての最初の作品であり、その主題は「雅《みやび》」である。この時代に「歌物語」には他に、『大和物語・平中物語』もあるが、中・高校生の古典教科書に取り扱われている歌物語のジャンルの代表作である『伊勢物語』が圧倒的に多い。それは他の「歌物語」とは異なり、各段において、時・所・事件・人物に対する記述が、その段の中に詠み込まれている歌に向かって推移するが、徐々に求心的に描き出されている手法、つまり各歌がその段においての主題となっている各歌に向かって描かれているという構成法が執られているところが大きく異なっており、「歌物語」の中心的立場を持っているからである。『大和物語』からも少ないが、百五十六段『信濃の国姥捨山』の段など、後段の悲劇的な内容の部分から採りあげている教科書もあるが、『伊勢物語』の主人公《昔、をとこ》は、中・高校生諸君の年代と同じような年齢になる頃から［第一段の［初冠《ういこうぶり》］＝（元服＝十二・三歳頃）］、まじめに都での貴族社会を生きた時期には、友や上司・皇族などとの友情や、身近に居る女性への気持ちを、偽らぬ素直な真心をもって生きたが、誤解を受けて都住まいを諦め、東国地方に住みやすい所を求めて旅立つ《をとこ》の一代記である。各段は一首以上の和歌を含めた百二十五段の、簡潔ながら優雅で人間性豊かな内容の深い、この《をとこ》の生き方が、充分に読み取ることが出来る「歌物語」である。

例文を読む前に、『伊勢物語』の概要を記述する。先ずこの物語の作者であるが、結論から言えば明かではない。これまでに述べられている作者論には、①在原業平（825〜880）説、②元本を業平が書き、それに業平と所縁《ゆかり》のある人たちが、手直しをしたり文段を入れ替えたり書き加えたり削除したりして、今日の百二十五段に纏めたという説、③伊勢の作という説、④紀貫之（？〜945）説、⑤その他の説と多くの意見はあるが、各文段の内容を読むと、この《をとこ》が中心になって書き進められ、前記したようにその男性の一代記の構成になっているところから、『伊勢物語』は、業平が大いに関っていて、その原文に多くの業平に由縁のある人たちが、業平のもとにある記録や彼との思い出などを付け加えたり、組み替えたりして成立したと考えられる。

次にその成立した時期についても、今日まで存在している完本の奥書に成立月日として書かれている本があるわけでなく、幾種類もの写本があり不明ではあるが、現在の学説では物語の内容や、その中に歌われている和歌二百九首の内、六十二首が古今和歌集の中に取り上げられている事などから、延喜年間後半から天暦前半の間であろうと言われている。

その内容は、歌物語であるから当然和歌を中心とした物語である。思いつきは万葉集などの歌集の各和歌に付いて、その前に書かれた「詞書」を、増幅して物語化したものであろうと言われている。例えば万葉集の巻十六『由縁ある雑歌』の各歌には、その前後の巻の歌に比べて極端に、「詞書」や歌後の添書きが増えたり長くなったりしている事が目立つ。この表現方法を歌物語は用いて構成された主人公《をとこ》の物語を描いたと考えられる。在原業平は、当代一流の風流人であり、従四位上の蔵人頭に昇格して五十六歳の人生を閉じたが、父は平城天皇の皇子阿保親王であり、母は桓武天皇の皇女伊都内親王である。兄の行平の弟としての五男であるために「在五中将」と言われている。伝説的美男子で放縦な生き方についての有名人で、当時『王朝時代』の典型的な男性であった。この王朝時代にもう一人在原業平と同様に、女性との関わりの多い好男子である平定文がいた。定文を主人公にした「歌物語」が『平中物語』である。在原業平に対する当時の美女の第一人者は言うまでもなく小野小町である。小町は、出羽の郡司の娘であり、身分は業平とは格段の差がある。この両人は『古今和歌集』の初期のころ、漢詩文が宮廷貴族の間で流行し、和歌が停滞した時期が続いたが、当時六人の優れた歌人〔(六歌仙)と呼称された優れた歌人〕達が、人への想いを素直に詠み、四季折々の自然の情緒についても、感じるままを捉えて六人各自、率直に詠んでいた。しかし時代の流れに連れて次第に技巧的になり、リズムも軽やかでテンポの良い感じを与える七・五調の歌が目立つようになっていた。『古今和歌集』の最盛期のころである。当時もう一人の優れた女流歌人伊勢がいた。彼女は『古今和歌集』の第三期選者の時期に活躍した優れた女流歌人である。〔(古今集)の撰者についてはすでにこの巻二の第2章にて詳述した〕。

『伊勢物語』が当時なぜにこれほどまでよく読まれたのかという理由に付いてはいくつかあろうが、思いつくままに取り上げてみると、まず一つには、前にも記述したように〔第1章の第二節の二段落目当たりの部分〕当時の宮廷社会における女房たちが、王族貴族の元服前の若い少年たちへの教育係として、その際の教育資料にこの『伊勢物語』が当時としては、王族の子弟教育にだけ許されてきた社会教育内容として相応しいものとされてきたからである。古来の教育内容としては、古歌や『万葉集』初期の歌謡などのような、倭の国のあちこちの国魂《くにたま》について、将来の王の立場で威霊を持って神に直言する和魂《やまとだましい》の教育であったものを、すでに平安前期には確立していた中国の仏教や老荘思想でいう教養の深淵さを言い表す「幽玄」という言葉を、日本では文学・芸術における美しさを表す言葉として使っていた。日本におけるこの時代に多くの歌人はすでに「幽玄」の理念を和歌の中に生かし、読み手への感情を刺激していた。藤原俊成が初めて平安末期に、歌の上品な美しさを象徴的に「幽玄」と言い、藤原定家はその著書「毎月抄」の中の（和歌十体）では、物静かで美しさを持つ歌を「幽玄体」として、恋歌を挙げている。そのような歌の詠み手の心に含まれている対象への見方・感じ方を理解できるリーダーの教育資料として、歌物語の代表をなす『伊勢物語』が使われたことに加え、次第に豪族・貴族の階層にまで広がり、王朝宮廷だけでなく一般社会にも普及した。その後の各時代における多くの識者や研究者の文学や、研究書類が残されていることから見ても理解されることである。例えばこの時代の紫式部をはじめとする作者不詳の十遍に余る後世に残《そうぎ》っている名作物語・日記文学・随筆の作者たち、次の室町時代の飯尾宗祇・その宗祇に学んだ夢庵と号して多くの平安文学の研究をつづけた肖柏《しょうはく》・安土・桃山時代の武将でもあった歌人の細川幽斎の「闕疑抄《けつぎしょう》」・加藤盤斉の「初冠」。江戸時代になるとほとんどの国学者は『伊勢物語』を研究対象の一つとしている。僧契沖《そうのけいちゅう》の「勢語臆断《せいごおくだん》」・賀茂真淵は『伊勢物語』の八項目についての総論を記述している。また荷田春満《かたのあずままろ》の「伊勢物語童子問」・上田秋声の「よしやあしや」等々。明治以降においては列挙することが不可能なほどである。これほど『伊勢物語』が読まれてきたのは、誤解を恐れず一言でいえば、主人公「をとこ」の生き方には、人々が求める人間性の根底に「初冠」までに養育された「雅《みやび》」と「純愛の清廉」の理念が描かれているからであろう。（その125話の中から、各段順に例文を採り上げて、これまで同様の順に参考資料と補説・鑑賞してみたい）。

第二節　『伊勢物語』の本文（以下の［本文］は、これまで同様『日本古典文学大系』から引用し、「段数」は同引用本の段数）

一、第一段『初冠《うひかうぶり》』

①むかし、②をとこ、③うひかうぶりして、平城《なら》の京《きやう》、春日《かすが》の里に④しるよしして、⑤狩《かり》に往《い》にけり。その里に、⑥いとなまめいたる⑦女《をんな》はらから住みけり。このをとこ、⑧かいまみてけり。⑨おもほえず⑩ふるさとに、いと⑪はしたなくてありければ、⑫心地《ここち》まどひにけり。をとこの着たりける狩衣《かりぎぬ》の裾《すそ》を切て、歌を書きてやる。

そのをとこ、⑬しのぶずりの狩衣《かりぎぬ》を着たりける。

⑭かすが野《の》の若紫《わかむらさき》の⑮すり衣しのぶのみだれ限《かぎ》り⑯知《し》られず

となむをいつきていやりける。[17] ついでおもしろきこととも[18]や思[19]けん。

みちのくの[20]忍《しのぶ》もぢずり[21]誰ゆゑにみだれそめにし[22]我ならなくに[23]

といふ心ばへ[24]なり。昔人《むかし》は、かくいちはやき[25]みやび[26]をなんしける[27]。

1．「語句の解説」（例文中の傍線部について）

①一般的に、過去をさして言うことば。前編の『説話文学』の初めに使われている『昔』や『今は昔』と同様の用語。②『をとこ』は、古典一般に使われる男性を言う言葉であり、それに対する女性一般を言う言葉は『をとめ』で、《若い男の意味に使われることは既に今までの古典で学んだことであるが、『伊勢物語』においては、他の多くの話の中で描かれる内容から見て、在原業平と固定的に観る説もある。この『伊勢物語』が『歌物語』の最初の古典であるということから考えると、《一般的な男性》と見たほうが物語として広がりがある　③名詞《元服》の意味で、今日の男子の成人式である。平安後期すなわち日本における『王朝時代』には、貴族・豪族の子弟が十二歳から十六歳の間の正月に行うのを常としたが、最初の叙爵として五位以上に任ぜられたり、めでたい祝い事を受けたりした時には特に冠を着せて祝う。爵位を受けなくともおおむねこの年齢の頃に「うひかうぶり」として「髪を短く切り髻（もとどり）を結い、冠を着たので『初元結（はつもとゆい）』とも言った。「かうぶり」は、

動・ラ行四段「かうぶる」の連用・名詞法。のちに頭に冠るものを「冠」という物の名詞になった語。　④ラ行四段・動「しる」＝領る《領有スル・占メル》＋名詞「よし」＝由《ワケ・事情・イキサツ》＋格助詞の原因・理由の用法「して」＝《領地ヲ持ッテイル関係デ》　⑤「狩」は鷹狩のこと・「往に」はナ変動詞「往ぬ」の連用形＋助動詞「けり」・過去の用法。『説話物語文学』の巻で繰り返し表記したように、昔話の初文に使われる「けり」は、単に過去形で口語訳するのではなく、過去の助動詞「けり」の用法にある伝聞推定を加えて訳するのが原則である＝《鷹狩ニ出カケタソウデアル》。　⑥カ行四段動・連用「なまめき」のイ音便＝（―めき↓　meki＝の破裂音k音の脱落）による＋完了の助動「たり」・連用「たる」《若々シク美シイ》「なまめく」の美的用語は、科学的に分析すると「生」は、（まだ熟達していない・一人前に成長していない・不十分な）の意味で、それに（一見そのように見える）雰囲気を表現する接尾語「めく」が接合してできた複合語である。したがって「なまめく」は、一見未熟なように見えるが本人は十分に成熟していて、むしろ優雅で上品に感じられる美しさ・女性らしさを感じせられるという肯定表現である［当時の美意識を表現した用語の一語である。その他にも歌物語には多く「美」の理念を表現した共通語が使われている（23頁に関連記述）］。平安時代ころまでの漢文学習の中では「艶」の漢字を使って、「なまめく・なまめかし」と訓読してきたために《アデヤカニ美シイ》の意味に使いはじめ、鎌倉時代から今日に至るまでこの意味で遣われている。　⑦名・「をんな」＋名・「はらから」は、基本的には同母の兄弟姉妹のことで、ここでは《姉妹》。⑧マ行複合動詞・上一「かいまみ＝垣間見」の連用＋助動・完了「つ」の連用「て」＋助動・過去「けり」＝《物ノ隙間カラ中ヲノゾキ見（テシマッ）タ》。⑨動・ヤ行下二「おもほゆ」の未然・「おもほえ」＋助動・打消（ず）の連用↓下の「はしたなくてありければ」という形容詞に係る）＝《思イモカケズ・意外ニモ》。⑩「ふるさと」名・は、古来多用されているが、この場合は《昔ノ都》の意味に使われている。その他にも《昔ノ土地・古郷・実家・旧跡》などにも使われる。⑪形容・「はしたなし」の連用「はしたなく」も、いろいろな用法があるが、基本的に科学してみると、「はし＝端」の漢字の意味ではなく、古来不安定で中途半端な感じのする気持ちを表し、それに《ヒドク…スル・非常ニ…デアル》という否定的な感じを表す接尾語が付いて成立した複合語である。したがって、「間が悪い・極まりが悪い・中途半端だ・不愛想だ・そっけない・慎みがない」など多用された言葉である。この場合は、《コノ様ナ荒レ果テタ鷹狩ノ里ニハ、優雅デ美シイ女性ガイルトハ極メテ不釣リ合イナ様子》を言い表している。⑫名・「心地」＋ハ行四段動・連用「まどひ」＋助動・完了と過去「に・けり」＝《心地ガ転倒シテシマッタ・気持チガ乱レテシマッタ・分別ヲ失ッテシマッタ》。上代では「まとふ」と清音で使用されていたが、平安時代の後期（つまり『王朝時代』）に至って「まどふ」と「まよふ」が混同していた。原則的には「まよふ」は、髪の毛や織物の糸など細い紐状のものが混同して乱れた状景を言い、「まどふ」は、精神的に混乱して判断のつかない心理的情態を言い表す言葉であった。⑬「しのぶずり」については、賀茂真淵の説で、忍草を使って染めた織物の模様ということが定説となっている。他にも陸奥の国と言われた時の「信夫郡」の地名と同じ呼び名を採った掛詞とする説もある。⑭下の句の序詞として「この荒れ乱れている春日野」という表現を言い出すイントロ的な詞である。『新古今・恋一・994』の和歌。⑮名・「しのぶ」は⑫の後半部の原則的説明のこと。⑯動・ラ行四段未然・「知ら」＋助動・可能「る」の未然「れ」＋助動・打消・終止《知リマセン・自分ニハワカリマセン》⑰「をいつきて」は、《スグニ》動・カ行四段・連用の複合動詞「追いつき」で、定家仮名遣いでは「追い」は(をい・をひ(ハ行四段＝(をい)はイ音便終止・「追ふ」)、「老い」(おい)は((ヤ行上二段で、終止・は「老ゆ」)である。⑱接続・《(前の歌に)ニ引キ続イテ》⑲前述した和歌の美しさを表す理念用語の一つであるが、形容(ク活)「おもしろし」の連体・「おもしろき」《心ガ晴レ晴レスルヨウナ感ジ・目ガ覚メルヨウナ気持チ・興味深イ》＋形式名・「こと」＋係助(同類の暗示)「も」＋係助(疑問)「や」＝《興味深イイロイロナコトモアルノデアロウカ・面白イコトガホカニモアルノデハナイカ》。＝少し科学してみると、「おも」は(面・顔)、「しろし」は(白い・明るい・はっきりしている)が原義であって、《知的興味ガアッテ興味深ク素晴シイ》という肯定的な意味であった。室町以降では《風変ワリデ滑稽ナ感ジ・型破リデ冷笑的ナ感ジ》とやや否定的な感じに変わり、今日まで継続している。⑳『古今・恋四・274』の歌で小倉百人一首にも取り上げられている。百人一首の歌は下の句第四句が「乱れむと思ふ」となっている）。この発句は陸奥にある信夫郡の（しのぶ）を言い表すための前置詞的用法としている。上の句（第三句）までが下の句（第四句）の序詞として使われている。

㉑「忍」郡には「もじずり石」というものがあり、江戸時期に至って松尾芭蕉も、「奥の細道」の紀行中にこの石を見に寄ったらしい。㉒動・マ行下二・連用「そめ」＋助動・完了「ぬ」の・連用「に」＋助動・過去「き」の連体「し」＝《（深ク）心ヲ惹カレ始メタ》。㉓助動・断定「なり」の未然・「なら」＋助動・「ず」の古語の語幹「な」＋名詞化するク語法の「く」＋助・逆接の「に」＝《…デハナイノニ・…デハナクテ…ナノニ》。㉔歌の心象・歌の中に潜んでいる内容が表面に現れた情態（言葉や表情など）。㉕科学的に語源から考察すると、「いち」は、「いちじるし」の「いち」と同じで、「いた・いと」と同語源で、《ハナハダシイ・ハゲシイ・ヒドイ》の意味。「はやし」は、《激シイ》の意味。「みやび」は、（気品ノアル様子・優雅ナ様子・上品ナ様子・風雅ナコト）で、この王朝用語を少し「科学する」と、「みやび」は「みやぶ＝宮ぶ」の連用形の名詞法である。この「—ぶ」は動作・状態を表す接尾語で、《宮廷ノヨウナ状態ニアル・宮廷ニオケルヨウナ動作ヲスル》の名詞「都風・都並、都会的」のことで、「鄙び・里山・田舎風」の対を成す語である。その語の雰囲気的移行領域には（教養の深い・ものの意味の分かった、話のわかる）などの範疇を含みながら使われることが、この時代から見られたと考えられる。今日では「みやび」は『伊勢物

語』の主題に関わって、風流論として深められてきた。　㉖動・サ変「す」の連用「し」＋助動・過去「けり」の連体（前の係助の結び）「ける」。＝《…トナッタヨウデアル》。

2．現代語訳

昔、アル男ガ元服ヲシテ、奈良ノ京ノ春日野ノ里ニ、領有スルユカリノ土地ガアッテ、鷹狩リニ出カケタソウダ。ソノ里ニ、非常ニ優美ナ姉妹ガ住ンデイタ。コノ男ハ物ノ隙間カラニ人ヲ見テシマッタ。思イガケズコノヨウナ荒レタ鷹狩ヲスル山深イ里ニ似合ワナイ美女ガイタモノダカラ、（男ハ大イニ驚キ）興奮シテシマッタ。男ガ着テイタ狩衣ノ裾ヲ切ッテ、ソレニ歌ヲ書イテ贈ル。

　春日野ノ若イ紫草ノヨウニ美シイアナタタチニオ逢イシテ、私ノ心ハ、コノ紫ノ信夫刷リノ模様ノヨウニ限リナク乱レ乱レテイマス

姉妹ニ贈ルコトガ興味ノアル事ト思ッタノデアロウ。女ニ追イツイテスグニ歌ヲ詠ンデヤッタ。

　アナタタチ以外ノ誰カニヨッテ、陸奥ノ信夫モジズリノ模様ノヨウニ、私ノ心ガ乱レ始メタノデハアリマセン（デモ私ガ思イ乱レルノハアナタタチヲ見タカラデス）。

トイウ歌ノ趣ニ因ッタノデアル。昔ノ人ハコノヨウニ激シク情熱的デアリナガラ上品デ優雅ナ行イヲシタノデアル。

3. 補説と鑑賞

（1）この初段における「をとこ」が、在原業平であると言われているのは、「伊勢物語」の構成について、初段から百二十五段までを業平をモデルとした歌物語と設定するときには、彼の生育歴に従ったわけであるが、彼は平城天皇の皇子である阿保親王と、桓武天皇の内親王である伊都内親王の第五皇子として生まれていながら、従五位下を受爵したのは二十五歳（849年）で、やや遅れてはいるが、一節にはこの年に「うひかうぶり」を行ったと言われている。紀有常《きのありつね》の娘と結婚した年であった。当時としては一般的には十二・三歳といわれている年齢からみれば、すでに十分成人の時期を過ぎている。その様な実情から考えると、業平は純粋な貴公子の典型的な少年として育て上げられてきた。

この大和の春日野の一画に在原家の領地もあったと言われている業平も、時には自分に関わる領地を山奥の人寂しい里の風景などとイメージしていたのであろう。ところが今回の鷹狩で思いもよらずこのさびれた春日野の里に不似合いな、美しい姉妹を垣間見たのが最初で、天性の作歌技量が、自分の狩衣の模様を歌材の一つに生かしている。この時すでに彼の和歌の力量は十分に育てられていた。「六歌仙」に選ばれる所以であろう。業平は、思いも掛けず出会った美しい姉妹に純粋なみやび男の心が感動したのである。その時の彼の反射的行動は、『いちはやきみやび』の行動を取ったのである。彼にとってこの時が、最初の異性に対する感動経験である。語句の解説でも記述したように《はなはだしく上品で品格のある優雅な態度》を執ったのである。多くの好き好きしい学者諸氏の説によると、このときの業平には「男の好き心」で行動したように受け取っている説もあるが、それは全くの間違いである。この物語の中で「みやび」の用語をこの部分だけに用いて、業平を描いている作者は、他に比類のない貴公子である。この物語の最初に読み手（聴き手）に伝えようとしているのである。その後の第四段に登場する女性（高子）と係わってからの業平の「みやび」ぶりはそのまま生きて彼の心中にある事が知れる。むしろ相手のほうが他の男性との親交があったという見解が記されている。

（2）在原業平が、「色好み」の代表と言われている裏付けとして、ある人の説〔「伊勢物語」の当時の注釈書（和歌知顕集）の記録〕では、彼が生涯に関わった女性の数は、三千七百三十三人と記述しているが、大津有一氏は、そのうち主だった女性を十人余り列挙している。その中には、当時六歌仙として古今和歌集にも互いに歌を載せ、関わりも当時からあったのであろう。この「伊勢物語」の中では、第六十三段の老婆との話が晩年のこととして挙げられているが、老女については「小野小町」ではないかという説もある。そのうちの最初の二人が、この「初冠」の鷹狩りに参加して偶然出会った二人の姉妹なのかもしれない。（をとこ）はとっさに自分が着ていた狩衣の裾を千切り、その模様を歌の主旨に使って初めて女性に歌を贈った。その偶然のチャンスをとらえたのも業平らしい。いくら風評の美男子とて「知顕集」の記事は信憑性に欠ける。彼が自分の着ている狩衣の裾を千切って、その端切れにその時の自分の気持ちを偽りなく歌に詠み与えたその真剣な行為は、率直誠心で、青年の気質がよく表れていて好ましい行為であるが創作めいている。

在原業平について、先の大津雄一氏の説には正しくこの時代の王族貴族の男女関係に関する理念について、かなり今日的な感じが根底にあるようであるが、当時王朝時代における宮廷に生活した貴公子たちには、年頃になると皇子教育が年配の後宮や女御たちから、王道に関わる人間教育がなされていた。そのうちの一つには、異性間における愛情意識が芽生え、互いに愛し合い魅力を意識し始めた時から、改めて互いを尊重し周囲の人たちに認められるまでは、上品な「みやび」の意識を保つことの可能な人物であること、すなわちこれが、この時代の「色好み」の理念であった。その意味において業平は典型的な貴公子であり、タブーであることに対しては、その度に自らを律しながら生きる力のある男性に成人していて、多くの女性は一層魅力を感じて引き付けられたのである。

（3）またこの初段に続く、第三・四・五・六段に述べられている女主人公である高子《こうし》が、この女性については多くの資料から大津有一氏も述べているように、若き頃より業平とかなり親しく長く関わった女性の一人であると言われている。女は藤原冬嗣の孫であり、当時もっとも威勢権力のあった藤原氏の長男である長良の娘が高子である。第五十四代仁明天皇の皇后順子《じゅんし》は、父長良の姉になる人である。そのような家系のうちにあった高子がまだ幼いころから、業平とはかなり親しい関係にあった。そもそもの初めは、貞観元年（859）の五節の舞姫であった美しい高子を見て二人の関係が始まったのであるが、世間の噂が広まり、高子の兄の高経・基経の耳にも入りその配慮により、叔母の順子《じゅんし》（第五十四代任明天皇の后で、五十五代文徳天皇の母）また、従妹の明子（文徳天皇の后で、第五十六代清和天皇の母）のいる宮廷に送り込んでしまった。先の大津有一氏は、高子の叔母や従妹とも、二人が宮廷に入内する以前の幼少のころに、業平と親しく関わった女性として大津氏の列挙した中の女性でもある。少なくはないが限られた王朝貴族の枠の中でも特別に目立つ容貌と文芸的な教養を備え持つ業平にとっては、まだ若かったころに親しく交わった女性が、続いて王者の側近に仕えるようになるのは、業平の「みやび心」を理解しえない「鄙び心」を持つものによる「手助け・お世話」であるのか、または相手の女性自身に業平の「みやび心」に待ちきれなくなってしまう「鄙び女性」の気持ちによって、入内してゆくのであろう。愛する二人の関わりが長くなれば、これまでの日常とはいろいろな面で変わってくるのは当然である。在原業平は、貴族然とした家柄のある生まれでありながらも、初冠も昇進の時期も遅れているのは、当時の皇族と藤原氏の思惑で築き上げた平安京に、各地の豪族とその子女たちが集められ成立した王朝宮廷社会は、都と地方・宮と里・雅と鄙・洗練と野卑等の集合体であった。当時の天皇の則近に伺候する女性（后や女御たち）は、前記したように（第一章の第二節＝7頁）の中には地方から来た女性たちもいるはずである。業平にしてもふと出会って心ひかれて友情を交えている際に、礼節を守り貴公子として通常に友情を続けていても、地方貴族の野卑な目から見た時には、地方での交際期間やその場所などからの勝手な判断をする。業平が親しく関わってきた入内前の女性たちとの、鄙びの風評が災いしているのも一因であろう。そのような鄙びた里で生育してきた女性自身が、美男子に加えて上品な「色好み」の業平に寄りかかり、タブーの境界の少しでももと「待てない女性」がいることも、一層風評を強調し真実味を加えてしまう結果を招いているのでもある。

二、第四段『西の対』

むかし、①東《ひむがし》の五条に②大后《おほきさき》の③宮おはしましける、④西《にし》の対《たい》に住む⑤人《ひと》有りけり。それを⑥本意《ほい》にはあらで、心ざし深かりける人、⑦行きとぶらひけるを、正月の十日ばかりのほどに、⑧ほかにかくれにけり。⑨ありどころは聞《き》けど、人の⑩行《ゆ》き通ふべき所にもあらざりければ、⑪なほ憂しと⑫思《おも》ひつつなんありける。⑬またの年《とし》のむ月《つき》に、⑭むめの花《はな》ざかりに、去年を戀ひて行きて、立ちて見、⑮居て

見《み》、見れど、去年に⑯似《に》るべくもあらず。うち泣きて、⑰あばらなる板敷《いたじき》に⑱月《つき》の

かたぶくまでふせりて、去年を思ひいでてよめる。

⑲月《つき》やあらぬ春は昔の春ならぬ我が身一つは⑳もとの身《み》にして

とよみて、夜《よ》のほのぼのと明けるに、泣く泣く帰りにけり。

1．「語句の解説」（例文中の傍線部について）

①東に京・左京。　②天皇の母・皇太后宮・ここでは太政大臣藤原冬嗣の娘の

順子《じゅんし》。仁明帝の皇后で、文徳帝の母。　順子。　③補助動詞「いる・ある」の二重尊敬語の連用＋過去の助動・連体「ける」＝《デイラッシャッタ》。　④西の対の屋＝寝殿造の正殿の西。　⑤二条帝の后高子＝藤原長良の娘で、清和帝の女御となり、陽成帝の母。　⑥名「本意《ほんい》の（ん）」は当時、発音はしていたようだが表記する文字がまだ一般化していなかったので本文のように読む」＋断定・「なり」の助動・連用「に」＋係助「は」＋ラ変動・未然「あら」＋打消・接続助・「で」＝《本心デハナカッタガ》。　⑦ハ行四段動『とぶらふ』・連用「とぶらひ」＋過去・助動・連体「ける」＋逆接・助「を」＝《訪問シテイタノダガ》。　⑧名「ほか」＋格助（場所）「に」＋ラ行下二段・動「かくる」の・連用「かくれ」＋完了・助動「ぬ」の・連用「に」＋過去・助動・終止「けり」＝《ヨソニ隠レテシマッタ》。　⑨連語・名「ありどころ」＋係助「は」＋カ行

四段動「聞く」の・已然「聞け」＋逆接助「ど」＝《居場所ハ聞イテハイタケレド》。⑩連語・ハ行四段動・終止「行き通ふ」＋推量（可能）・助動「べし」の・連体「べき」＋名「所」＋断定・助動『なり』連用「に」＋係助「も」＋ラ変・動『あり』未然「あら」＋打消・助動『ず』連用「ざり」＋過去・助動「けり」の・已然「けれ」＋確定・接続・助「ば」＝《行キ通ウコトガデキルヨウナ所デハナカッタノデ》。⑪情態・副「なほ」＝《（前カラ思ウヨウニ行カナカッタ上ニ行方不明ニナッタノデ）一層》。⑫ハ行・四段・動「思ふ」の・連用「思ひ」＋接続（継続）・助「つつ」＋係助「なん」＋ラ変動「あり」連用＋過去・助動・「けり」の連体（上の係助「なん」の結び）「ける」＝《思ッタママデ過ゴソウトシタ》。⑬複合・名「又の年」＋連体格・助「の」＋名「む月」＋時格・助「に」＝《翌年ノ正月ノ時ニ》。⑭名「むめ（梅）」＝m音の挿入）＋連体格・助「の」＋複合名・「花ざかり」＋時格・助「に」＝《梅ノ花盛リノ時ニ》。⑮ワ行上一段・動『ゐる』の連用「ゐ」＋接続・助「て」＋マ行上一段動『見る』連用・中止法「見」＝《ジット座ッテ見》。⑯ナ行上一段・動・終止「似る」＋推量（強意）・助動『べし』・連用「べく」＋係助（強調）「も」＋ラ変動「あり」の・未然「あら」＋打消・助動・終止「ず」＝《マッタク似テモイナイ・マルデ違ウ》。⑰形動（ナリ活）・連体「あばらなる」＋名「板敷」＋格助・場所「に」＝《荒レ果テタ板敷キノ部屋ニ》。⑱名「月」＋主格・助「の」＋カ行四段動・連体「かたむく」＝（b音とm音の共通現象）・＋副助・範囲「まで」＝《月ガ傾クマデ》。

⑲名「月」＋係助（疑問）「や」＋ラ変動「あり」の・未然「あら」＋助動・打消『ず』の ナ系統の終止「ぬ」＝《月ハ昔ノ月デハナイノカ》。⑳名「もと」＋連体格・助「の」＋名「身」＋助動・断定「なり」の連用「に」＋接続助「して」＝《昔ノママノ自分トシテ・以前ト変ワラナイ自分ガ今モココニアッテ》。

2. 現代語訳

昔、東ノ京ノ五条ニ大后宮ガイラッシャッタソノ屋敷ノ西ノ対ニ住ム女人ガイタソウダ。ソノ人ヲ本心カラデハナク、深ク慕ッテイタ男ガ訪レテイタガ、正月ノ十日アタリノコロニ、ソノ女性ハ、姿ヲ隠シテシマッタ。ソノ居場所ハ聞キ知ッテハイタガ、ソコハ一般ノ人ノ行ケナイトコロデアッタノデ、男ハ一層憂鬱ナ気持チノママ過ゴソウトシテイタ。翌年ノ正月ガ巡ッテキテ、梅ノ花ガ盛リノ時ニ、男ハ去年ヲ恋シク想イ出シ、五条ノ西ノ対ヘ行ッテ、立ッテ見タリ、ジイット座ッテ見タリアタリヲ見渡シタリシタガ、去年トハマルデ違ッテイテ、男ハサメザメト泣イテ、住ム人モ居ナク戸ヤ敷物ナドモナイ板敷キノ部屋ニ、月ガ西ノホウヘ傾ク日暮レマデソコニ臥セッテ、想イワイテクル去年ノ想イ出ヲ歌ニ詠ンダ。

コノ月ハ去年ノ月デナイノカ、今巡リ来タ春ハ昔ノ春デハナイノカ、辺リハスベテ変ワッテシマッタヨウダガ、恋シイ人ハ昔ト変ワッテ今ハ逢エナイ。ソレナノニ自分ノ身ダケガ昔ト変ワラズココニイルノダ。昔ガ恋シイ。

ト男ハ歌ヲ詠ンデ、夜ガホノボノト明ケルコロニ、涙ナガラニ帰ッテイッタトイウコトダ。

3．補説と鑑賞

（1）この「月やあらぬ」の歌は、前の『和歌文学』の巻の（166頁＝747番）＝『古今和歌集第十五』の（恋歌）の冒頭歌に、長い詞書を添えて採り上げられている。

五条の后の宮の西の対に住みける人に、本意にはあらでものいひわたりけるを、睦月の十日余りになむ、ほかへかくれにける。あり所は聞きけれど、えものいはで又の年の春、むめの花盛りに、月のおもしろかりける夜、去年をこひて、かの西の対にいきて、月のかたぶくまで、あばらなる板敷にふせりてよめる

月やあらぬ　春や昔の春ならぬ　我が身ひとつはもとの身にして

在原業平朝臣

（2）第一段の（鑑賞）のところの最後で記述したことは、その後の第二段・三段・四段・五段と第六段の最後の『后のただにおはしける時＝《二条ノ后ガマダ一般庶民デイラッシャッタ時》』の話も加えて、二条院の后となって王宮に入内する以前のまだ互いに少年少女であったころ、高子と馴染み始めたころのしみじみとした深い話が続いている。業平の出自は既述したように歴とした貴族の貴公子で、前述のように当時の王朝宮廷内では、美少年の第一人者であり、貴公子としての教育は十分に指導されて成長していた。当然であるが教養のみならず、日常の所作・人品に至るまで、この上なく「みやび」（34頁㉕参照）の資質を身に備えている男性であった。

（3）貞観三年（861）九月生母の伊都内親王逝去。孝行者の業平は母の死を悼み、中陰を密に祈り続けながら、自らの現状を省察していた。このような業平の仕草は、文字通りのまめ男《まじめな男性・誠実な男性・几帳面な性格の男性》である。業平が高子と出会ったのは貞観元年（859）秋祭の頃で、次第に二人の関係は近しくなり、その年の暮れ頃には、まめ男は頻繁に逢瀬を重ねるようになっていた。しかし一人宮廷の路上を行き来していても目立つ業平が、頻繁に同じ方向に行けば、瞬く間にその状況は知れてしまい風評となるのである。風評を流すのはその頃は鄙びた人たちである。

（4）高子の兄たちの耳にも二人の関係は入り、高子は兄や周りの者に無理に、間もなく女御の一人として入内させられてしまうのである。その頃の遠い思い出の記憶は、第七十六段に描かれている。

（5）この時の業平の気持ちを詠んだ歌が、『古今和歌集』巻第十七（871）に、詞書は要約してはあるが、同じ歌が載せられている。「古今集」の成立が天禄五・六年（875・6年）ころであるから、業平は三十五・六歳で、高子はまだ十五・六歳のころのことである。

二条の后の、まだ東宮の御息所と申し上げる時に、大原野に詣でたまひける日よめる
大原や小塩の山もけふこそは神代のことも思ひ出づらめ

「古今集」の巻十七は（雑歌）の部になるが、当時の宮廷社会ではだれもが知る二

人の情事であったが、この名歌を見落としたということは許されず、ここに採用したのであろう。高子が仕えた清和帝は隠遁し、二人の皇子であった陽成天皇の政治的実権は、藤原良房・基経父子によって孤立状態の立場に置かれ、高子の親族からの救済者も現れず、苦境に立ちいってしまった。

三、第九段『東下り』

むかし、をとこ①ありけり。そのをとこ、②身をえうなき物に③思《おも》ひなして、京には④あらじ、あづまの方に⑤住《す》むべき国《くに》⑥求《もと》めにとて行きけり。⑦もとより友とする人ひとり⑧ふたりしていきけり。⑨道知《みちし》れる人もなくて、⑩まどひいきけり。三河《みかわ》の国、八橋《やつはし》といふ所にいたりぬ。そこを八橋と⑪いひけるは、水ゆく⑫河《かは》の蜘蛛手《くもで》なれば、橋を八《やっ》つ⑬渡《わた》せるによりてなむ八橋といひける。その沢《さは》の⑭ほとりの木の陰《かげ》に⑮おり居《い》て、⑯乾飯《かれいひ》食《く》ひけり。その沢に⑰かきつばたいと⑱おもしろく咲《さ》きたり。それを見て、ある人のいはく、「かきつばた」といふ⑲五文字《いつもじ》を句《く》の上《かみ》にすへて、旅の心をよめ」といびければ、よめる。

⑳から衣《ごろも》㉑きつつ㉒なれにし㉓つましあれば㉔はるばるきぬる㉕旅《たび》をしぞ思《おも》ふ

とよめりければ、皆人、乾飯《かれいひ》の上に涙おとして㉖ほとびにけり。

㉗行《ゆ》きゆきて、駿河《するが》の国《くに》に至りぬ。宇津《うつ》の山《やま》にいたりて、㉘我《わ》が入《い》らむとする道《みち》は、いと暗う細きに、つたかえでは茂り、物心ぼそく、㉙すゞろなるめを見ることと思ふに、㉚修行者《すぎやうざ》あひたり。「㉛かかる道《みち》はいかでかいまする」といふを見れば、㉜見《み》し人《ひと》なりけり。京に、㉝その人の御もとにとて、文書きてつく。

駿河なる宇津の山べの㉞うつつにも夢にも人にあはぬなりけり

富士の山を見れば、㉟五月《さつき》のつごもりに、雪いと白う降れり。

時知らぬ山は富士の嶺《みね》㊱いつとてか鹿の子まだらに㊲雪《ゆき》の降《ふ》るらん

その山は、ここにたとへば、比叡の山を二十ばかり㊲重《かさ》ねあげたらんほどして、㊴なりは㊵塩尻《しほじり》のやうになんありける。

猶《なほ》ゆきゆきて、㊶武蔵《むさし》の国《くに》と下《しも》つ総《ふさ》の国《くに》との中に、㊷いと大《おほ》きなる川《かは》あり。それを隅田川といふ。その川のほとりに㊸むれゐ《い》て㊹思《おも》ひやれば、限りなくとをくも来にけるかなと㊺わびあへるに、渡守、「はや船に乗れ、㊻日《ひ》も暮《く》れぬ」といふに、乗りて渡らんとするに、皆人《みなひと》㊼ものわびしくて、京に思ふ人《ひと》㊽なきにしもあらず。㊾さるをりしも、白《しろ》き鳥《とり》㊿の嘴と脚と赤き、鴫の大きさなる、水の上に遊びつつ魚をくふ。京には見えぬ鳥なれば、皆人見知らず。渡守に聞ければ、「これなん宮《みや》51こどり」といふをききて、

名《な》52にし負《ふ》はば53いざこととはむ宮こ鳥わが思ふ人はありやなしや54と

とよめりければ、舟《ふね》55こぞりて泣きにけり。

1．語句の解説と意味（本文中の傍線部①から55までの語句についての詳説）

①「ありけり」の主語は、書き出しの「むかし、をとこ」のことで、（在五中将・在中将・近衛中将、すなわち在原業平）のことである。主体が人物（をとこ）であるから《…イタ》と今日では言わねばならない。最後の「けり」については、すでに「説話物語文学」でも繰り返し記述してきたように、特にその話の初めに使われている「けり」は（伝承回想・伝聞推定）の用法によって現代語訳するのがよい。＝《ガ居タトサ・ガイタトイウコトダソウダ》。②「えう」は「要」＝「役」＝（やく→yaku）の破裂音k音の脱落で（やく）のウ音便であるから、《何ノ役ニモ立タナイ・ダレニモ必要トサレナイ》であって、「用」は古典仮名づかいでも（ヨウ）であるから、「用」の

意味での現代語訳は間違いである。③「なす」には多くの用法がある四段動詞であるが、この場合は、他の動詞の連用形についた補助動詞として使われている。このような場合の「なす」の意味用法には、意識的・作為的な気持ちがあって、《意識的ニ決メ込ンデ・コトサラニ思イ込ンデ》という現代語訳がよい。④「じ」は、意思の否定・打消推量の用法がある。この場合は（をとこ）の強い意志を感じる。⑤マ行四段・動・終止「住む」＋助動・推量（可能の用法）連体「べき」＝《住ムコトノデキル》。⑥名・「国」＋マ行下二段・動・連用「求め」＋助・格・（目的原因）「に」＋格助（意図の用法）「とて」＝《国ヲ求メヨウト思ッテ》。「とて」の用法には他に（理由＝ダカラト言ッテ）・（引用＝トシテ）がある。⑦「もとより」については《昔カラ・昔カラズウト今マデ・モチロン》などであるが、ここでは《昔カラ》がよい。⑧「して」について解説すると、奈良時代では、サ変動詞「す」の連用形の「し」に接続助詞の「て」が付いた二語として扱っていた。平安時代になると、動作・作用の用語であった動詞性が薄れ、いろいろな解釈があらわれ、指定の用法が強まり、一語の助詞的機能が強くなった。動作作用を表現するのではなく、動作の対象、人数、作用する使役の対象などを示して、後の言葉に続けるために接続助詞の「て」を伴って多用されるようになり、こんにちの学校文法では「して」の格助詞には、（ア）動作をする対象や人数・（イ）手段・方法・（ウ）使役の対象」の三用法が挙げられている。「いきけり」の（けり）は、ここではまだ伝承的な現代語訳がよいであろう＝《…ニ人連レダッテ行ッタトイウコトダ》。　⑨名・「道」＋ラ行四段・動「知る」の・已然「知れ」＋助動（完了の存続の「り」の連体「る」＝《道ヲ知ッテイル……》。　⑩動・ハ行四段「まどふ」・連用「まどひ」＋動・カ行四段「行く」・連用「いき」＋助動・過去・終止＝《迷イナガラ行ッタ》。「けり」については、話がこの辺りまで進めば、もう単純過去の用法として現代語訳をするのが自然である。　⑪「いひけるは」の助動・過去「けり」の連体「ける」の用法（単純過去）と同じとみてよい。＝《言ッタノハ》。　⑫名・「蜘蛛手」＋助動・断定「なり」の已然「なれ」＋助・接続「ば」＝《蜘蛛ノ手ノヨウニ（アチコチノ方ニ分カレテ）流レテイルモノダカラ》＝「ば」が、上の語の未然形から続いているときには仮定条件法により訳し《モシ・・・・ナラバ》、この場合のように已然形から続いている場合には確定条件法で約する《・・・デアルカラ、・・・ナノデ》という原則がある［文法編参照］。　⑬動・サ行四段・他動「渡す」・已然・「渡せ」＋助動・完了「り」の連体「る」＋助・格「に」＋助・格「より」＋助・接続「て」＋助・係「なむ」＝《（タレカ他ノ人ガ）架ケ渡シタコトニヨッテ》＝「渡る」は自分で「渡る」ことはできるから自動詞であるが、「渡す」は他人の力が必要である。句末の「なむ」は、係助詞であるから、その結びになる言葉は、下の句末「八橋といひける」の、過去の助動詞「けり」の連体形「ける」である。　⑭「沢＝さは」で、現状では山間の小さな渓流を一般的に差しいているが、古典で使われる場合には、浅く水がたまっている中に多くの草や葦などが生えている湿地帯を指している。　⑮《（馬カラ）降リテ腰ヲ下ロシテ》

＝［動・ラ行下二段「下り」の連用「下り」＋動・ワ行上一段「居る」連用「ゐ」＋助・接続「て」］の「ゐる」は、「いる」＝（「座っている」などのように補助動詞として使われる言葉ではなく）はっきりとそれぞれの位置を決めたように、明確な自立動詞で、自分たちそれぞれの位置を決めてどっかりと座っている状態を表している場合の用語である。⑯名・「乾飯（かれいひ・かれひ）」は、炊いた飯を乾燥させて作った携帯用の食糧で、湯や水でもどして柔らかくして食べることもできる。⑰「かきつばた（杜若・燕子花）」は、あやめに似た草花の名で、夏に水辺に群生する多年草で、青・紫・白色の花を咲かせる。⑱形容（シク活）「おもしろし」の連用・「おもしろく」＋動・カ行四段「咲く」の連用・「咲き」＋助動・完了「たり」終止＝《美シク咲イテイタ》のような現代語訳になるが、「面白し」の古典語の内容には、《心が晴れ晴れするようだ＝明快感・目が覚めるようだ＝清涼感・現状に不釣り合いだ＝滑稽感》の三通りほどの意味に使われている。これも語源から科学してみると、「おも」は（顔・面）＋「しろし」は白い・明るくはっきりしている状態で目の前が開け、心が晴れ晴れするというのが基本の意味であるから、見るもの聞くものに美しい・楽しい知的興味が感じられ、心惹かれる感じを表している。室町時代から「滑稽感」の意味に使われるようになった。⑲《「か・き・つ・は・た」ノ五文字ヲ、歌ノ五句ノソレゾレノ句頭ノ言葉トシテ置イテ》の意味。⑳「から衣」は、唐風に仕立てた衣で、袖が大きく、裾はくるぶしまで届き、裾を合わせて着る当時の女性の公的制服のことであるが、歌の中では、「着る・裁つ・反す・紐・裾」などにかかる枕詞として使われていた。㉑動・カ行上一段「着る」の連用「着」＋助・接続・反復の用法「つつ」＝《着テハマタ着テ・着慣レタ》の意味で、《来テハ来テハ＝通イナレタ》の意味も掛けている。そのうえここまでが次の「なれ」といいう言葉を使いたいための序詞になっている。㉒動・ラ行・下二段・連用「なれ」＋助動・完了「ぬ」の連用「に」＋助動・過去「き」の連体「し」＝《慣レ親シンデキタ》。㉓名・「妻」＋助・複・強意の用法「し」＋動・ラ変「あり」の已然「あれ」＋助・条件接続の用法「ば」＝主語は「妻」であるから、《妻ガイル》。「ば」は上の語が已然形であるから確定条件法で訳する（↓⑫下説明済）＝《・・・ダカラ・・・ナノデ》。㉔副・「はるばる」には、時間と空間の両面の意味に遣われていた。《イツマデモ長ク・ハルカニ遠ク》。動・カ変「来（く）」の連用「き」＋助動・完了「ぬ」の連体「ぬる」＝《ハルカニモ遠クマデヤッテ来タモノダト》㉕名・「旅」＋助・副「し」＋助・係「ぞ」（ともに強意）＝《旅路ヲシミジミト思ウコトデアル》。㉖「潤び—に—けり」の「潤び」は、バ行上二段・動「ほとぶ」の連用＋助動・完了「ぬ」の連用「に」＋助動・過去・終止「けり」＝《(涙デ) フヤケ柔ラカクナッテシマッタ》↓ここまでをこの段の第一節とみる。・・(ここまでが前段)

㉗この部分についても異説は多いが、「行き行きて」と同じ言葉の繰り返しは古来強調法として使われた。＝《ソコカラサラニ行クト》。㉘ラ行四段動「入る」・未然「い

ら」助動・終止・意志の用法「む」の助・格「と」サ変・動「す」の連体「する」＝《私ガコレカラ行コウトスル道ハ》＝この句の中の「むとす（る）」はこのころまでの用法で「む」の強調法として使われていた。しかしすでにこのころには「むとす」を当時の口語で「むず」という使い方が始まっていた。㉙「すゞろなる」は、形動（ナリ活）「すゞろなり」の連体＝［明確な根拠も理由もなくただ自然に物事や気分が進行してゆく状態を表現＝《自然ニ気分ガ変ワッタ・意味ナク進ンデイッタ・思イガケナイコトダ・無関係ダ・イイ加減ダ》］などの意味。＝《思イモカケナイツライ目ニアウコト》。㉚この句では「修行者」＝［上下の摩擦音の語［修（種）・者（社）を訂正し（す）と（座）と表現するのが一般的であった」が「あひたり」の主語であるから、述語の理由の言葉が略されているので、補って訳する必要がある。＝《修行者ガ向コウカラクルノニ（男タチ一行ハ）アッタ》。㉛「かかる」は、「かくある＝kakuaru」の［二重母音の前母音の脱落］の原則による」。「いかで」は、「いかににサ変動詞の連用「し」と助・接続「て」がついた一語「いかにて」が↓「いかんで」↓「いかで」と変化して成立した語。「か」は係助＋サ行四段動「います」の連体「いまする」＝主語の「男」の身分が高いことを知っているので尊敬語で訊ねている（上の係助・「か」の結び）＝《ドウイウコトデコノヨウナ山道ニイラッシャルノデスカ》。

㉜マ行上一段動・「見る」の連用「見」＋助動「き」の連体「し」＋名「人」＋助動・断定・「なり」の連用「なり」＋助動・過去「けり」終止＝《（以前カラ）顔見知

リノ人デアッタ》。 ㉝代名（指示）「そ」＋助・格「の」＋名「人」＝《都ニ残シテキタ妻ヤ恋人》、「とて」には三つの解釈法がある〔文法編（下巻）26頁参照〕。一つは「意図」＝《・・・ト思ッテ・・・トシテ》、二つ目に「理由」＝《・・・トイウワケデ・・・ダカラ》、三つ目に「名称」＝《・・・トイウ名デ・・・トシテ》この場合は一つ目が正解。 ㉞名「現（実）」＝形容詞「現し」の語幹（うつ）の繰り返し表現で、この場合はこの語を言うための序詞である。 ㉟「つごもり」は「月籠り tukigomori」の（き-ki）音節の脱落表現。「に」は文脈の中では逆接助詞のようにも取れるが、原則的に時に関する語に続いている「に」は時格の助詞である。＝《月末》のこと＝《陰暦五月ノ月ノ終ワリ》。 ㊱代名「いつ」指定（不定称）＋「とて」は前の㉜の説明で「意図」の意味＋係助「か」＝《イッタイイツト思ッテダロウカ》。 ㊲名「雪」＋格助・「の」（主格）＋ラ行四段動「降る」終止＋助動（現在推量）連体（上の係助（「か」の結び）「らん」＝《雪ガ降ルノデアロウカ》。 ㊳ガ行下二段・複合動「重ねあぐ」の連用・「重ねあげ」＋助動・完了「たり」の未然「たら」＋助動・推量「む（ん）」の連体＋名「ほど」＋格助（対象・数量）「して」＝《重ネ上ゲタホドノ高サガアッテ》。 ㊴名「なり」＝《形・様子》＋係助「は」。「なり」はラ行四段動詞「成る」《出来上がる》の連用形の名詞法によって出来た言葉。 ㊵「塩尻」とは、底本の頭註によると「塩田で砂を円形に積み上げて塚のようにし、塩水をかけ、日に乾かして塩分を固着させたもの」とある（古来異説が多いとも記述されている）。

「の」格助＋名「やう（様）」＋格助（比較）「に」＋係助「なむ（ん）」＋ラ変動「あり」連用「あり」＋助動・過去「けり」の連体（前の「なん」の結び）＝《塩尻ノヨウナ形デアッタ》。・・・・・・・・・・・・・ここまでがこの段の中段・以下後段。

㊶「武蔵の国」は、旧63か国名でいう東海道の東に属する15か国をさし、当時の奈良や京都の都から見れば最も東のはるかな地域を指していた。今日では東京都と埼玉県の葛飾郡に、神奈川県の一部を含んだ地域である。また「下つ総」の国も同じように、千葉県北部と茨木県南西部を合わせた地域を指して言っていたが、隅田川の流域の変化によりしばしば移動もあった。㊷情態副詞「いと」＋形動（ナリ活）「大きなり」の連体「大きなる」＋名「川」＝《タイソウ大キナ川》があった。㊸「ゐて」についてはこの段の⑭にて説明済み。＝《集マリ座ッテ（渡し船を待っているのである）》。

㊹「―やる」は、時間的・空間的に自己から離れた遠くへ送り・離そうとする気持ちの接尾語で、ここでは遠く離れてきた都へ残してきた妻や恋人に、自分の想いを感じているのである。㊺複合のハ行四段動「詫び合ふ」の已然「わびあへ」＋助動完了「り」連体「る」格助（時）「に」＝《タガイニ嘆キアッテイルトキニ》。「あふ」は（イッショニ…スル）という意味の接尾語　㊻名「日」＋係助「も」＋ラ行下二「暮る」の連用「くれ」＋助動「ぬ」完了の確認の用法終止＝《日モ暮レテシマウゾ》。㊼複合形（シク活）「ものわびし」の連用「ものわびしく」＋接続助「て」＝《ナントナク悲シクテ》。㊽形容（ク活）「なし」の連体「なき」＋格助「に」（状態）＋副助「しも」

（限定的否定＝後に打消用語を伴い、その打消が全体には及ばず、その部分だけに限って否定する働きをする副助詞）＋ラ変動「あり」の未然「あら」＋助動「ず」（打消）終止＝《必ズシモナイトイウワケデハナイ》。㊾連体「さる」（「然あり＝sikaari＝の二重母音の前母音の脱落により↓sikari↓破裂音k音の不使用により↓siari となり再び二重母音ができ、前母音の脱落という音韻変化の原則により「sari＝さり」と変わり続け、複合動詞として使用される中で出来た言葉である」。この「さり」の使用の際に続く語が、名詞になるため「さる―折・さる―時・さる―事・さる―物」などのようになる場合が多く、平安時代初期からこの場合には連体詞とみなされるようになった。しかし助動詞「べし・まじ」に続く場合には、本来の複合動詞＋助動詞に見られている。）＋名「折」＋副助「しも」（強調・指示の用法）＝《チョウドソノ時ニ限ッテ》。㊿形容（ク活）「白し」の連体「白き」＋名「鳥」＋格助「の」（同格）＝《白イ鳥デ》＝この一文㊾・㊿以下の「魚をくふ」までの表現上のリズムが感じられるのは、名詞が続いているだけではなく、「白い」・「赤い」の色の対象、さらに摩擦音の「し」音を多用した語句が、すべて最後の「魚をくふ」にかかる主語文節になっている。51「・・・宮ことり」で終止しているのは、その後に「知り給はんや」と言いたかったのであろう。＝《コノ鳥コソ都鳥トイウノデスヨ（ゴ存ジナイノデスカ）》。

51「し」は副助（強調）、「名に負ふ」は、《名高イ・有名・評判ガ高イ》などの意味であるのをさらに強めている。52感動（呼掛け）「いざ」＋ハ行四段動「こととふ」

の未然「こととは」＋推量助動「む」（意志）連体＝《サアソレデハ訊ネテミヨウ》。㊼ラ変動（存在）終止「あり」＋係助（疑問）「や」＋形容「なし」終止＋格助「と」（提示）＝《元気デ居ルノカ居ナイノカトイウコトヲ》。㊽名「舟」＋ラ行四段動「こぞる」の連用「こぞり」＋接続助「て」＝《船ニ乗ッテイルモノミンナガ》。

2. 現代語訳

昔、男ガイタ。ソノ男ハ、自分ハ何ノ役ニモ立タナイツマラナイ者トミヅカラ思イ込ンデ、京ニハイルマイ、東国ノ方ニ自分ガ住ムノニフサワシイ所ヲ、見ツケヨウト思ッテ出カケタ。以前カラ友達デアッタ仲ノ良イ人ヲ、一人二人連レダッテ行ッタソウデアッタ。ソシテ三河ノ国八ツ橋トイウトコロニ着イタ。ソコヲ八ツ橋ト言ッテイルノハ、川ノ流レガ蜘蛛ノ手足ノヨウニ八ツニ分カレテ流レテイルノデ、橋ヲ八ツカケ渡シタコトニヨッテ八ツ橋ト言ッテイルヨウデアル。ソノ川ノ浅瀬ニ近イ所ノ木陰ニ、馬カラ降リテ座ッテ干飯ヲ食ベタ。ソノ沢ニカキツバタガタイソウ美シク咲イテイタ。ソノカキツバタヲ見テ、一行ノ中ノ一人ガ、言ウニハ「カキツバタトイウ五文字ヲ歌ノ各句ノ初メニ置イテ旅心ノモノ寂シイ気持ヲ詠ミマショウ」ト言ッタノデ、ソノ一行ノ人ハソレゾレ歌ヲ詠ンダ。

着ナレタ着物ノヨウニ、深ク慣レ親シンダ妻ガ都ニイルノデ、コウシテ遥々ヤッテ来タ

長イ旅路ガヒトシオ悲シク思ワレテナリマセン

ト読ンダノデ、一行ノ人タチハ皆身ニツマサレテ干飯ノ上ニ涙ヲ落シテ、干飯ハ潤ビテシマッタ。

―（以上　前段）―

サラニ東ヘト進ンデ行クト、駿河ノ国ニ着イタ。宇津ノ山ニ差シ掛カッテ行クテヲ見ルト、自分タチガ分ケ入ッテ行コウトスル道ハ、ヒドク暗ク細クテソノ上ニ、ツタヤカエデマデモ生イ茂ッテイテ、ナントナク心細ク、思イガケナクツライ目ニアウコトダト思ッテイルトキニ、修行者ガ向コウカラ来ルノニ一行ガ出会ッタ。（修行者ガ）「ドウイウワケデコンナ道ニイラッシャルノデスカ」トイウノヲ見ルト、顔見知リノ人デアッタ。都ニ残シテキタ恋シイ人ノモトヘト思ッテ、手紙ヲ書イタ。

私ハ駿河ノ国ニアル宇都山ノホトリニ来テイマスガ、コノ山ノ名ノヨウニ現実ニモアナタニオアイスルコトガデキナイノハモチロンダガ、夢ノ中デサエモアナタニ会エナイデイルノハ寂シイコトデスヨ。

富士ノ山ヲ見ルト、五月（陰暦ノ）ノ下旬ダトイウノニ、雪ガ真ッ白ニ降リ積モッテイル。時節モ知ラナイ山ハ富士ノ山ダ。イッタイ今ヲイツト思ッテ鹿ノ子ノ肌ノヨウナマダラ模様ノヨウニ雪ガ降リ積モッテイル

ソノ山ハ、都デ例エテイウナラバ、比叡山ヲ二十ホド積ミ上ゲタホドデアッテ、形ハ塩尻ノヨウナ（円錐形）形デアッタ

―（以上　中段）―

サラニ旅ヲ続ケテユクト、武蔵ノ国ト下総ノ国トノ境ニ大層大キナ川ガアル。ソノ川ノ名ヲ隅田川トイウ。ソノ川ノ岸辺ニ座リ込ンデ、遠ク都ノ空ヲ眺メナガラ思イ遣ルト、トンデモナク遠イ所マデ来テシマッタモノダナアト、オ互イニ歎キ合ッテイルト、（隅田川ノ）舟

守ガ「早ク船ニ乗レ、日モ暮レテシマウゾ」トイウノデ、（一行ハ）舟ニ乗ッテ川ヲ渡ロウトスルト、一行ノ人タチハ皆（コノ大キナ川ヲ渡ッテシマウト更ニ都カラ遠ク離レテシマウト）ソレゾレニ都ニハ心ニ思ウ恋シイ人ガイナイワケデハナイカラデアル。チョウドソノ時ニ白イ鳥デ、嘴ト脚ガ赤ク鴫ノ大キサホドノ鳥ガ、水面ヲ遊ビナガラ魚ヲ食ッテイル。京デハ見慣レナイ鳥ナノデ、誰モ見知ラナイ。渡守リニ訊ネルト、渡守リハ（イカニモ得意ソウニ）「コレコソ都鳥トイウノダヨ」ト答エタノヲ聞イテ、

都トイウ名前ヲ持ッテイルナラバ聞イテミヨウ、オイ都鳥ヨ！　私ガ恋シク思ッテイル人ハ都デ元気ニ生活シテイルノカドウカ

ト詠ンダノヲ聞イテ、船ニ乗ッテイル人ハスベテ泣イテシマッタ。

3．補説と鑑賞

（1）まずこの段の、当時から業平が「友とする人ひとりふたりして」東のほうへ行ったという史実となる資料はない。そのことから見ても、この段は業平以外の編集者の創作的段落であると思われる個所のいくつかを取り上げてみると、①業平の知人・友人や親族の何人かは東の地に居ることはこの物語にも、業平の手記集にも出ていて、業平は東の地を馴染み深く感じていたことは誰にも知られていることである。②この段の文頭三行に「行きけり」が三回も続いて書き表されている。最初の「行きけり」は昔話の最初に使われている過去の助動詞「けり」は、「き」と異

なり、単純過去ではなく主人公「をとこ」の情意が籠められ直上の「とて」の意味のように《ト決心シテ》＋《行ッタトイウコトダ（そうだ）》。次の「いきけり」は、直上の「(──して) いきけり」で、動作や人数を表す手段・方法の格助詞に続いた説明的な表現の《行ッタ》であり、馬に乗り「東の国」方向に向かって都を出る時点を言い表している。そして最後の「いきけり」は「まどい」ながらという状況描写である。こう見てくると「物語＝創作＝小説」の手法の基礎的表現がこの「行きけり」の三回の用法に見られるのである。

（2）この段の中に詠まれている歌は四首あるが、「富士の山」を詠んだ「時知らぬ…」の歌の他は、まず都を出て赤目から木曽・揖斐川を越えて、三河の知立に差し掛かった頃は、旅の面白さ珍しさに楽しんで、旅愁を詠んだ最初の歌では「カ・キ・ツ・バ・タ」を折句にした歌で楽しんでいる。なおも「行き行きて」天竜川を渡り静岡の手前の宇津の山に至ると、なんとも「物心細く、すずろなる目を見ることと思ふ」ところで、都に帰ろうとする顔見知りの修験者に会い、一行は旅の不安と望郷の気持ちを感じたのである。そしていよいよ隅田川に至り、渡し船を待っているとき、川面を飛ぶ鳥の名を「都鳥」と聞いて、それぞれに恋しい妻をはるかに想い遣りながら船に乗り、最後の「何し追わばいざこと問はむ…」と詠んだ歌を聴いて、船の一同は涙するのである。この一段の三首の歌によって、旅への興趣↓旅愁↓望郷↓妻への思慕という暫層法的な構想で描かれた典型的な王朝時代の物語文学における特色を書き表している。

（３）先の28頁語句の解説㉘のような、「いらむとする道」や、その後にも出ている「渡らむとするに」のような《・・・シヨウトスル》というように自分の意思を述べる当時の口語体では、中に使われている断定の助動詞「なり・たり」の連用形［この場合は「と」であるが、例えば「なり」の連用形「に」が、接続助詞「て」に続くときには「に―て＝で」になるように濁音化して使われ始めたころであった。時代がやや下って定家仮名遣いがまとめられたころ（鎌倉時代＝平安文学の仮名遣いを資料としてまとめた）には社会的にもすでに普遍化していて認められるようになっていたが、まだこのころには目障りであったようで、清少納言は「枕草子」の一九五段「ふと心おとりとかするもの」の中で、『何事をいひても、「そのことさせんとす」「いはんとす」「なにとせんとす」といふと文字をうしなひて、ただ「いはんずる」「里へいでんずる」など言へば、やがていとわろし。まいて文にかいてはいふべきにもあらず＝《その直前に「ヨクナイ言葉ヤ卑シイ言葉遣イヲ、年配ノ人タチガ平気デ話シテイルノヲ、若イ人ガソノ傍デ聞イテイイテ感ジガ悪イト思ッテ聞イテイル。ソレハ当然ノコトダ。」＝ドウイッテモ「ソウシヨウト思ッテイル」「イオウト思ウ」「何カヲシヨウト思ッテイル」。トイウトキニ、と文字ヲ省略シテ、タダ「いはんずる＝イオウトスル」「里へいでんずる＝里へ行コウト思ッテイル」ナドトイウトタイヘン聞キ辛ク耳障リデアル。マシテヤ手紙ナドニ書イタ時ニハ言ウマデモナイコトデアル。』と、当時の宮廷社会での一般貴族の言葉遣いを批判している。その点においても、「伊勢物語」の底本になっている業平が書いた多くの資料では当時の基本的な言葉遣いを正しく使っていることが読みとれ、業平の几帳面な「まめ男」らしさが読み取れる文である。

四、第二十三段『筒井筒』

むかし、①田舎《ゐなか》わたらひしける人の②子《こ》ども、井のもとに出でてあそびけるを、大人《おとな》になりにければ、をとこも女も③恥《はじ》かはしてありけれど、をとこは④この女を得めと思ふ。女はこのをとこをと思ひつつ、⑤親《おや》のあはすれども、⑥聞《き》かでなむありける。さて、この隣《となり》の⑦をとこのもとよりかくなむ、

⑧筒井《つつゐ》つの⑨井筒《ゐづつ》に⑩かけしまろが⑪たけ過ぎにけらしな⑫妹《いも》見《み》ざるまに

女、返し、

⑬くらべこし⑭振分髪《ふりわけがみ》も肩《かた》すぎぬ⑮君ならずして⑯誰《たれ》かあぐべき

など⑰いひいひて、つひに⑱本意《ほい》のごとくあひにけり。

さて、⑲年《とし》ごろ経《ふ》るほどに、女、⑳親なくたよりなくなるまゝに、もろともにい㉑

ふかひなく㉒てあらむやはとて、㉓かふちの国、高安の郡《こほり》に、㉔いきかよふ所出《い》で
きにけり。㉕さりけれど、㉖このもとの女、㉗悪《あ》しと思へるけしきもなくて、出《いだ》し
やりければ、をとこ、㉘こと心ありて㉙かゝるにやあらむと思ひうたがひて、前
栽の中にかくれゐて、㉚かふちへいぬる顔《かほ》にて見れば、この女、いとよう㉛假粧《けさう》
じて、㉜うちながめて、
　㉝風吹《かぜふ》けば㉞沖《おき》つ白浪《しらなみ》たつた山㉟夜半《よは》にや君が㊱ひとりこゆらん
とよみけるをきゝて、㊲限《かぎ》りなく㊳かなしと思《おも》ひて、河内《かふち》へもいかずなりにけり。
㊴まれまれかの高安《たかやす》に来てみれば、㊵はじめこそ㊶心にくくもつくりけれ、今は
㊷うちとけて、㊸手《て》づから㊹いひがひとりて、㊺笥子《けこ》のうつわ物に入れて盛りけるを
見て、㊻心《こころ》うがりていかずなりにけり。㊼さりければ、かの女、大和の方を㊽見や
りて、
　㊾君《きみ》があたり㊿見《み》つつを居《を》らん生駒《いこま》山51雲なかくしそ52雨《あめ》は降《ふ》るとも
といひて53見《み》いだすに、54からうじて、大和《やまと》の人55来《こ》むといへり。56よろこびて待《ま》つ
に、57たびたび過《す》ぎぬれば、

[58]君来むといひし夜《よ》ごとに[59]過ぎぬれば[60]頼《たの》まぬものの[61]戀《こ》ひつつぞふる

といひけれど、をとこ[62]住《す》まずなりにけり。

1．語句の解説と意味（本文中の傍線部①から55までの語句についての詳説）

①複合名詞「田舎度会《いなかわたらひ》」＋サ変動「す」・連用「し」＋助動・過去「けり」連体「ける」＋名（体言）「人」《地方ノ山林ヲ生活ノ根拠地ニシテイタ豪族ノ人》。②名「子」＋複数の接尾語「ども」＝《子供たち》。③連語・サ行四段・動「恥ぢかはす」の連用「恥ぢかはし」＋接続・助「て」＋ラ変動「あり」・連用＋過去「けり」已然「けれ」＋逆接・助「ども」＝《オ互イニ恥ズカシガッテイタケレドモ》。④代名（近称）「こ」＋連体格・助「の」＋名「女」＋対象・格助「を」＋係助「こそ」（強調）＋ア行下二段・動「得（う）」の已然「えめ」（上の敬所「こそ」の結び）＝《この女性を必ず妻にしよう》。⑤名「親」＋主格助「の」＋ハ行四段動「あふ」の未然「あは」＋助動（使役）「す」の已然「すれ」＋助（逆接）「ども」＝《お互いの親が、お互いの子供に配偶者を選んで来て進めるのに＝親ガ合ワソウトシタケレドモ》。⑥カ行四段動・未然「聞か」＋・接続助（打消）「で」＋係助「なん」（強調）＋ラ変動・連用「あり」＋過去・助動・連体「ける」（上の係助「なん」の結び）＝《幼いころから長い間仲よく遊んでいるうちにお互い気持

ちが合致していたのであろう＝全ク聞カナイノデアッタ》。⑦名「をとこ」＋助（連体格）・「の」＋名「もと」＋格助（起点）「より」＋状態・副「かく」＋係助「なん」（結びの省略法であるから、その結語を補って解釈する必要がある。「歌届く・歌ある」と、上に係助詞「なん」が使われているから連体終止になる）＝《男ノモトカラ歌ガ届イタ》。⑧名「筒井」＋すて字「つ」＝発句の語調を整えるための用語＋格助「の」＝《円形ニ掘ッタ井戸》。⑨名「井筒」＋格助（対象）「に」＋カ行下二段動「懸く」・連用「懸け」＋過去・助動『き』の連体「し」＝《（掘った井戸の上に）備エタ筒状ノ井筒ノ枠ノ高サト比ベテ測ッタ》。⑩名「まろ」（一人称・代名詞）＋連体格・助「が」＋名「たけ」＝《アナタノ背丈ガ》。⑪ガ行上二段・動「過ぐ」の連用＋完了・助動「ぬ」の連用「に」＋助動（過去推量）・「けらし」の終止＋終助「な」（活用語の終止形に続く）＝《（井筒の高さを）超エテシマウホド大キクナッテシマイマシタヨ》。⑫名「いも」＋マ行上一段動『見る』の未然「見」＋打消助動「ず」の「ざり系列」連体「ざる」＋名「ま」＋格助「に」＝《アナタト会ワナイデイルウチニ》。⑬バ行下二段・動「比ぶ」の連用「くらべ」＋カ変・動「来（く）」の未然「こ」＋過去・助動『き』の連体「し」＝《アナタトクラベ合ッテキタ》。⑭複合・名「振分髪」＋係助「も」＝《頭ノ真ン中カラ左右ニ髪ヲ振リ分ケニシタ男女ノ子供ノ髪型》。⑮名「君」（二人称代名詞）＋断定の助動「なり」の未然「なら」＋打消の助動「ず」（無変化系列）の連用＋接続・助「して」（確定の順接）＝《アナタデナクテ・アナタ以外ニハ》。⑯名（不定称代名詞）「誰」＋係助・反語「か」（疑問語を伴う係助詞は反語の用法＝『日本語を科学する』文法編の下巻に詳細。参照）＋ガ行下二段・動・終止「あぐ」＋推量の助動・（意志の用法）＝《誰ガ髪上ゲヲシマショウカ（アナタ以外ニハ）誰モイルハズハアリマセン》。⑰ハ行四段・動の連語・連用「いひいひ」＋接続・助「て」＝《歌ヲ詠ミ交ワシアッテ》。⑱名「本意」＋格助「の」＋比況・助動「ごとし」の連用「ごとく」＋ハ行四段・動「あふ」の連用「あひ」＋完了助動「ぬ」の連用「に」＋過去・助動「けり」終止＝《モトカラ思ッテイタ通リ結婚シタ》。

——ここまでが前段。

⑲名「年ごろ」＝《長年・数年》＋ハ行下二段・動「経（ふ）」連体「経る」＋名「ほど」＋格助（時格）「に」＝《長年経ツウチニ・何年モ過ギタ時ニ》。⑳名「たより」＋形（ク活）「なし」の連用「なく」＋ラ行四段『なる』連体＋名「まま」＋格助（原因・理由）「に」＝《心細クナルニツレテ・意欲ガナクナルニシタガッテ》。㉑状態・副「もろともに」＋複合・形（ク活）『いふがいなし』の連用「いふがいなく」＋接続・助「て」＝《女ト一緒ニイテモ仕方ガナクテ・女ト意味ノナイ暮ラシヲシテモ仕方ガナクテ》。㉒ラ変・動「あり」の未然「あら」＋・助動（推量）「む（ん）」の連体・係助「や」（反語法）＋係助「は」＝《意味ガアロウカイヤナイ・生キテイル価値ガアロウカイヤドウニモ仕方ガナイ》。㉓名「かふち」＝大阪の河内＋格助（連体）「の」＋名「国」＝（男ガコノ地ノ官吏ニナッタトイウ）。㉔複合・動・ハ行四段・連体「いきかよふ」＋名

「所」＋カ変・複合・動『出でく（来）』の連用「出でき」＋完了・助動「ぬ」の連用「に」＋過去・助動「けり」終止＝《通ッテイク女ノトコロガデキタ》。㉕複合のラ変・動「然（さ）り＝指示の副詞（さ）に、ラ変・動『あり』が付き（saari）の二重母音の前母音脱落により（sari＝さり）と変化した語」の連用＋過去・助動「けり」の已然「けれ」＋逆接・助「ど」＝《ソウデハアッタケレドモ》。㉖《前ノ女・以前ノ妻》。㉗形（シク活）「「悪し」終止＋格助（提示）「と」＋ハ行四段・動「思ふ」の已然「おもへ」＋完了・助動「り」の連体「る」＋名「けしき」＋係助「も」＋形（ク活）「なし」の連用「なく」＋接続・助＋「て」＝《男ノ行動ヲ不快ダトイウ様子モナクテ》。㉘複合・名「こと心」＝《裏切ロウトスル気持チ・浮気心》。㉙複合のラ変・動『かかり＝前の㉕と同じように、指定の副詞「斯（か）く」に、ラ変動詞（あり）がついて（kakuari）の二重母音の前母音（u）音の脱落により（kakari かかり）となった』の連体「かかる」＋断定・助動「なり」の連用「に」＋係助（疑問）「や」＋ラ変動詞・未然「あら」＋推量・助動・連体「む」＝《コノヨウニシテイルノデハナカロウカ》。㉚名「かふち」＋格助（方向）「へ」＋ナ変・動『往（い）ぬ』・連体「い（往）ぬる」＝《河内ノホウヘ行クヨウナ》。㉛程度・副「いと」＋形（ク活）の連用「よく」のウ音便（「よく yoku」の破裂音（k音）の脱落）＋複合ザ変動『假粧ず』の連用「假粧じ」＋接続・助「て」＝《タイソウ奇麗ニ化粧シテ》。㉜複合・マ行下二段・動・連用「うち（強調の接頭語）眺め」＋接続・助「て」＝《ボンヤリト外ヲ眺メテ》。　㉝名「風」＋カ行四段・動「ふく」の已然「吹け」＋接続助（条件）「ば」（確定）＝《風ガ吹クカラ・風ガ吹クト》。　㉞名「沖」＋助（連体格）「つ」（古語）＋名「白波」＝〔この二句までが次の三句の第一語「立つ」を言い出すための序詞〕＋固有・名「たつた山」（奈良県生駒郡の龍田山）＝《風ガ吹クト白波ガ立ツトイウ立田山ヲ》。

㉟名「夜半」＋助（時格）「に」＋疑問・係助「や」＋名「君」＋主格・助「が」㊱名「ひとり」＋ヤ行下二段・動「こゆ」終止＋推量・助動「らん」の連体（上の係助「や」の結び）＝《夜ニアナタハ一人デ越エテ行クノデショウカ》。　㊲複合・形（ク活）「かぎりなし」の連用「限りなく」＝《限リナク・コノ上モナク》。　㊳形（シク活）「かなし」終止＋格助（提示）「と」＋ハ行・四段・動『思ふ』の連用「思ひ」＋接続・助「て」＝《愛シイト思ッテ》「かなし」は、自分では抑えられないほどの痛切な気持ちを表す感情語。本来は「愛し」で、人に対して切ないほどの愛情を感じた時の心情語である。

㊴情態・副「まれまれ」＝《久ブリニ・ヤット＝原義は、一度だけのことで複数はあり得ない状況を言う語》。　㊵名「はじめ」＋係助「こそ」＝《初メノウチダケハ》。

㊶形（シク活）の連用「心にくく」＋係助「も」＋ラ行四段・動「つくる」の連用「つくり」＋過去・助動「けり」の已然「けれ」＝（前の係助詞「こそ」の結びで、ここで文は切れていると見たほうがよい）＝《奥ユカシクモキレイニ化粧ナドシテイタ》。

㊷複合・下二段・動「うちとく」の連用「うちとけ」＋接続・助「て」＝《気ヤスク・心ヲ許シテ》。　㊸情態・副「手づから」＝《自分ノ手デ・ミヅカラ》。　㊹名「いひ

がひ（飯匙）」＋ラ行四段動「取る」の・連用「取り」＋接続・助「て」＝《シャモジヲ取ッテ》。　㊺名「笥子」＝「子」は接尾語で（椅子・障子・簀子）などの用語と同じ＝＋複合・名「うつは物」＝《飯ヲ盛ル器物》。　㊻複合・ラ行四段・動「心うがる」の連用「心うがり」＋接続・助「て」＝《嫌気ガサシテ・ツライ気ガシテ》。　㊼「さり──けれ」の説明は前の㉕で済。＋順態・確定・接続・助「ば」＝《ソノヨウナ状態デアッタカラ》。　㊽複合・ラ行四段・動「見やる」の連用「見やり」＋接続・助「て」＝《遠クヲ眺メテ、物思イニフケッテボンヤリシタ表情ヲシテ》。　㊾名「君」＋助（連体格）「が」＋名「あたり」＝《君ガ住ンデイルアタリヲ》。　㊿マ行上一段・動「見る」の連用「見」＋接続・助・継続「つつ」＋間投・助・詠嘆「を」＋ラ変・動「居り」の未然「をら」＋推量・助動・未然「ん（む）」の連体「ん」＝《見続ケテイマショウ》。
(51)名「雲」＋・陳述・副（禁止）「な」＋サ行四段・動・連用「かくし」＋終助（禁止）（この時代には、陳述の副詞「な」に必ず伴う「そ」の形で、強い禁止を表すのに使われていた。その間に入る語は動詞の連用形（ただしカ変とサ変動詞は未然形）が入る＝「文法編参照」）＝《雲ヨ隠シテハナランゾ》。　(52)名「雨」＋係助・強調「は」＋ラ行四段・動・終止「降る」＋逆接・助（仮定条件）＝《タトエ雨ガ降ロウトモ》。　(53)サ行四段・動・複合・動・連体『見いだす』＝（「いだす」は、内から外へ向かって、行動が行われる他動詞）＋格助（状態）＝《（男が来ないかなあと思いながら）部屋ノ中カラ外ヲ眺メテイルト》。　(54)状態・副「からうじて」＋（形容詞（ク活）連用形の「辛く」の活用語尾、(く＝KU)の破裂音k音が脱落して、ウ音便化と同時に接続助詞「して」が連濁して出来た複合副詞」「からうじて」＝《ヤットノコトデ・ヨウヤク》。　(55)カ変・動「来《く》」の未然「来《こ》」＋推量（意志）・助動「む」終止＋格助・提示「と」＋ハ行四段・動「いふ」の已然「いへ」＋完了・助動「リ」終止＝《行コウトイッタ・行クト言ッテキタ》。　(56)バ行四段・動「喜ぶ」の連用「喜び」＋接続・助「て」＋タ行四段・動「待つ」連体＋接続・助「と」＝《喜ンデ待ッテイルト》。　(57)程度・副「たびたび」＋ガ行上二段・動「過ぐ」の連用「過ぎ」＋完了・助動「ぬ」の已然「ぬれ」＋接続・助（確定条件）＝《行クト言ッテ来ナガラ・来ナイママデ過ギタノデ》。　(58)「来むと」は前の(55)と同様、「いひ」はハ行四段・動の連用＋過去・助動「き」の連体「し」＋名「夜ごと」＋格助「に」＝《来ルト伝言シテキタ夜ゴトニ・行クト言ッテキタソノ夜ニ》。(59)前の(57)と同じ。　(60)マ行四段・動「頼む」の未然「頼ま」＋打消・助動「ず」のナ系統・連体「ぬ」＋逆接・助「ものの」＝《アナタヲ頼リニハシテイナイトハ言ウモノノ》。　(61)ハ行四段・動「恋ふ」の連用「恋ひ」＋継続・接続・助「つつ」＋係助「ぞ」＋ハ行下二段・動「経《ふ》る」の連体（直前の「ぞ」の結び）＝《恋シク思イナガラ日々ヲ過ゴシテイマス》。　(62)マ行四段・動「住む」の未然「住ま」＋打消・助動「ず」の連用「ず」＋ラ行四段・動「なり」の・連用＋完了・助動「ぬ」の連用「に」＋過去・助動「けり」終止＝《住まなくなってしまった・（この場合は）女性トノ夫婦生活ヲシナクナッテシマッタ》。

2. 現代語訳

昔、田舎回リノ行商ヲシテ生活シテイタ人ノ子供タチガ、井戸ノ傍ニ出テ遊ンデイタガ、大人ニナッタノデ、男モ女モオ互イニ恥ズカシガッテイタケレドモ、男ハコノ女ヲ必ズ妻ニシヨウト思イ、女ハコノ男ヲ（夫ニシタイモノダ）ト思イ続ケ、親ガ他ノモノト結婚サセヨウトスルケレドモ、全ク聞キ入レナイデイタ。ソウシテイルウチニ、コノ隣ノ男ノトコロカラコノヨウナフウニ（歌ヲ詠ンデ届ケテキタ）、

幼イコロニアノ丸イ井戸ノ筒ノ高サトドチラガ高イカ背比ベヲシテ遊ンダ私ノ背丈モ、アナタト会ワナイデイタウチニ、ソノ井戸ノ筒ヨリ以上ニ背丈ガ伸ビタヨウデスヨ（アナタトアノコロ）背丈ヲ比ベ合ッテイタ私ノ振リ分ケ髪モ、肩ヲ超スホド長クナリマシタ。私ノコノ伸ビタ髪ハ、アナタデナクシテ誰ガ髪上ゲヲシマショウカ。アナタ以外ニハ誰モ居マセン。

女ハ、コノ歌ノ返歌トシテ、

ナドト歌ニ詠ミ交ワシ続ケ、ツイニ望ミドオリニ夫婦ニナッタノデアッタ。・・・・・・（以上この段の前段）

サテ、（結婚シテ）何年カ経ツウチニ、女ノホウハ両親ガナクナリ、暮ラシガ心細クナルニツレテ、男ハ、コノママ女ト一緒ニ意味ノナイ暮ラシヲシテイテモシカタガナイト思ッテ、行商ニ出テイタガ、河内ノ国高安ノ郡ニ通ッテユク女ガデキテシマッタ。シカシナガラ、コノモトノ妻ハ、イヤダトイウ気持チヲ表情ニ出サナイデ、行商ニ送リ出シテイタノデ、男ハ、

妻ニ別ノ男ガイテコウシテ快ク自分ヲ送リ出スノデハナカロウカト疑ッテ、庭ノ植エ込ミノ中ニ隠レテイテ、河内ノ国へ出カケテ行ッタフリヲシテ、ソット見テイルト、コノ妻ハ、タイソウキレイニオ化粧ヲシテ、物思イニフケリナガラボンヤリト外ヲ眺メテ、

風ガ吹クト沖ノホウニ白波ガ立ツトイウヨウニ、龍田山ヲモノ寂シイコノ夜更ケニアノ人ハタッタ一人デ越エテユカレルノデショウカ

ト（歌ヲ）詠ンダノヲ聞イテ、男ハ（妻ヲ）コノ上モナク愛シク思ッテ、ソレカラ河内ヘハ行カナクナッタ。

…………………………………（以上この段の中段）

サテ、久シブリニ高安ノ女ノモトへ行ッテミルト、ハジメノウチコソ奥ユカシク振舞ッテイタケレドモ、今デハスッカリ打チ解ケテ、自分デシャモジナドヲトッテ、茶碗ニゴ飯ヲ盛ッテイルノヲ見テ、ウンザリシテ行カナクナッテシマッタ。ソノヨウデアッタカラ、例ノ女ハ大和ノホウヲ見テ、

君ガ住ンデイル辺リヲ見続ケテイヨウ。生駒山ヲ雲デ隠スナヨ。タトエ雨ヲ振ラソウトモ。

ト詠ンデ、外ヲ見テイルト、ヤットノコトデ大和ノ男ガ来ヨウト言ッテキタ。河内ノ女ハヨロコンデ待ッテイルト、男ノホウカラ行クトイウ使イヲヨコスタビニ、男ハ来ナイママデアッタノデ、

アナタガ行コウト使イガ来ル夜ノタビニ待ッテイタガ来ナイノデ、アテニハシナイモノノ、ヤハリ恋イ続ケテ待ッテイマス

ト歌ヲ詠ンデイッタケレドモ、男ハ棲マナクナッタトイウコトダソウダ。

・・・（以上この段の終段）

3．補説と鑑賞

（1）この段は、（現代語訳）で表示したように、三段構成で、行商をして暮らす下町の幼い子供たちの成長過程を、それぞれの節目と見た、男女の間の典型的な問題点を簡潔に捉えて表示している。

（2）前段では、幼少時代に互いに仲よく遊び合ううちに深く思い合いながら次第に成長するにつれ、恥ずかしさが前面に出て、二人の交際は途絶えがちになって居た。そのような時期に男女の両親は、共に行商よりも生活レベルの高い相手を探してきては結婚させようとするが、二人の気持ちはお互いに異性を強く意識し合っていて、両親の縁談について断り続けている。この純朴にして苦悩している気持ちが初めの男女のやり取りした相聞歌によって端的に表現されている。余談になるが、この男子の歌の上の最終句「まろがたけ」と、女子の歌の上の句冒頭「くらべこし」の二語を複合した「たけ　くらべ」は、明治初期の浪漫主義小説の第一人者樋口一葉の代表作『たけくらべ』の題名となっている。この文の初めの部分「大人になりにければ、男も女も恥ぢかはしてありけれど、…」の行《くだり》を、少年信如や長吉など、と少女「みどり」を主人公にして書かれた物語は、この「伊勢物語」が原点であることは通説である。ちょうど今日の高校生になったころの、少年少女の「おとな」への精神的成長の転換期である。それを意識してか、多くの高校古典教科書では、「筒井筒」の段を取り上げている。その場合は必ず現代文の小説の分野において『たけくらべ』の一節、少年信如が家の用事で雨の降る中を出かけるが、運悪くみどりの家の前で下駄の鼻緒を切ってしまい、難渋しているところを家の中から見て気づいた少女みどりが、鼻緒にするための真っ赤な布切れを何も言えないまま、ただ格子戸の中から信如に投げ与える場面が取り上げられている。

（3）中の節では、互いに両親の反対を押し切って結ばれた二人は、幸せな結婚生活に入る。しかし当時の招婿婚の仕来りで女の両親の死により、男の気持ちは次第に緩慢になり、行商に出ていた河内の高安に親しい女性が出来、これまでの愛情生活に亀裂が出始めるのは、この時期では普通のようであった。それに経済的に不如意が加われば、いつの世においても同じ夫婦間の問題となり、その時代の物語（小説）の題材となってしまうのは永遠である。しかしこの物語の中段では、男の身勝手にもかかわらず、女が男を思う真の愛と、妻としての雅《みやび》の心をもって深い役割を果たしている。この軽薄な男にも基本的には雅を理解するところがあったのである。妻の深い倫理によって描かれた真の愛情に賛美を感じる節である。

（4）最後の段は、河内安高の女と「今はうちとけて」、慣れるにつれて田舎育ちの鄙びた生活所作に嫌気を感じ、高安の女の許へは行かなくなる。雅な生き方を身につけて生きてきた男は、相手の女の日常生活に見られる所作の価値基準を鄙《ひなび》ではなく雅を基準としている男の価値基準を描いた節で終わっている。この話には伝説的に伝えられていることがあり、当時食事の時、食物を器に盛るのは家刀自、つまり主婦の任務であったが、この時その娘が器に盛って、その後娘は、その時に使ったしゃもじを舐めていたのを、業平が東窓から見て、その女に愛想をつかしてしまった、という後日談が伝えられていて、そのエピソードの後、高安では東窓を閉じているという話が伝えられているそうである。この段だけでなく「伊勢物語」を河内高安では広く読まれていたのであろう。

五、第四十一段『武蔵野の心』

むかし、①女はらから二人《ふたり》②ありけり。一人《ひとり》は③いやしき男《おとこ》の貧《まづ》しき、一人は④あてなる男⑤もたりけり。いやしき男⑥もたる、⑦しはすのつごもりに、⑧うへのきぬを洗ひて、手《て》⑨づから張《は》りけり。⑩心ざしはいたしけれど、⑪さるいやしき⑫わざもならはざりければ、うへのきぬの肩《かた》を張《は》り⑬破《や》りてけり。⑭せむ方《かた》もなくて、ただ泣きに泣きけり。これをかのあてなる男きさて、いと⑮心《こころ》ぐるしかりければ、

いときよらなる⑯緑衫《ろうさう》のうへのきぬを見出《みい》でてやる⑰とて、
紫《むらさき》の色こき時はめもはるに⑱ 野《の》⑲なる草木ぞわかれざりける⑳
武蔵野の心《こころ》㉑なるべし。

1. 語句の解説と意味

①名詞「はらから」＝29頁第一段「初冠」の（語句の解説の⑦）で説明済、参照を。②これも今まで解説済みであるが、この主語は「女姉妹」であるから現在では「ある」ではなく「いる」であり、「けり」は昔話に使われた最初の言葉であるから、単純過去の助動詞ではなく「伝聞の過去」で約する＝《居タソウダ》。③形容詞（シク活）「いやし」の連体形「いやしき」＝意味には、ア身分が低い・イ下品な、みすぼらしい・ウ心が汚い、けちな、の三通りあるがこの場合はアである。＋名詞「男」＋格助詞（同格）＝《デアル》。④形容動詞（ナリ活）「あてなり」の連体形「あてなる」＝《身分ガ高イ・高貴ダ、上品ダ》＝「いやし」の対語。⑤「もたりけり」＝「持ちあり―けり」＝「motiari」の二重母音の前母音脱落により「motari」＝もたり」と変化した言葉で、「もたり」でラ変動詞の連用形である。⑥「もたる」は、直前の「もたり」の連体形で、「方の女が」略されている。⑦「師走の晦日」で、陰暦十二月の末日の事＝「つごもり」は「つきごもり」の破裂音を含んだ音節（Ki→き）の脱落である。⑧名

詞「袍《うへのきぬ》」＝男子が参内するときの正装の上着。＋格助（対象）「を」＋ハ行四段動詞「洗ふ」の連用形「洗ひ」＋接続助詞「て」。⑨副詞「手づから」＝《自分デ・自分ノ手デ》。⑩名詞「心ざし」＝《本位・意志・意向、誠意・好意・愛情、謝意・礼、注意・用心》などの意味に使われたが、この場合は最後のグループの意味。⑪連体詞「さる」＝《ソノヨウナ》。⑫名詞「わざ」＋係助詞（強調）「も」＋ハ行四段動詞「ならふ」の未然形「ならは」＋打消助動詞「ず」の（ざり系列）の連用形「ざり」＋過去の助動詞「けり」の已然形「けれ」＋接続助詞（条件）「ば」（已然形から続いているから確定条件法）＝《技術モ習ッテイナカッタカラ・ヤリ方ヲ少シモ習ワナカッタノデ》。⑬ラ行四段動詞「破《やぶ》る」の連用形「破《や》り」＝［破裂音の音節「ぶ（bu）」の脱落］＋完了の助動詞「つ」の連用形「て」＋過去の助動詞終止形「けり」＝《破ッテシマッタ》。⑭名詞「せむ方」＝「為ん方」で《仕方・直シ方・修理方法》＋係助詞（強調）「も」＋形容詞（ク活）「なし」の連用形「なく」＝《ドウシヨウモナク・ドノヨウニ修理シタラヨイノカソノ方法モ知ラズ》。⑮形容詞（カリ活）「心ぐるし」の連用形「心苦しかり」＋助動（過去）「けり」の已然形「けれ」＋接続助詞（条件）「ば」＝《気ノ毒ニ思ッタカラ》。⑯形容動詞（ナリ活）「きよらなり」の連体形「きよらなる」＋名詞「緑衫（ろうさう＝ろくさむ＝rokusamu の破裂音（k音）と鼻音（m音）の脱落により→rausau＝らうさう」＝《六位が着用する正装の上衣》＝《立派デ美シイ緑色ノ上衣》。⑰ダ行下二段の複合動詞「見出づ」の連用形「見出で」＋接続助詞「て」＝《見ツケ出シテ》。⑱名詞「目」＋係助詞（強意）「も」＋ラ行四段動詞「はる」＋格助詞（状態）「に」＝《目ニ映ルスベテニワタッテ》。⑳ラ行下二段動詞「わかる」の未然形「わかれ」＋打消助動詞（ザリ系列）連用形「ざり」＋過去の動詞連体形「ける」（直前の係助詞「ぞ」の結び）＝《区別ガツカナイ》。㉑名詞「心」＋助動詞断定「なり」の連体形「なる」＋助動詞推量「べし」終止形＝《歌ノ情趣ヲモトニシテ詠ンダノデアロウ》。

2. 現代語訳

ムカシ、フタリノ姉妹ガイタソウダ。ヒトリハ位ノ低イ貧乏ナ男ヲ、モウヒトリハ貴イ身分ノ高イ男ヲ、夫トシテイタ。位ノ低イ男ノ方ノ女ガ、十二月ノ末日ニ、夫ノ正装ノ上衣ヲ妻トシテ洗ッテ、自分デノリ張リヲシタ。ヨク注意シテ張ッタノデアルガ、コノヨウナ身分ノ低イ召使ガスルヨウナ仕事ノ技術モ経験シテイナカッタノデ、タダ泣クバカリデアッタ。コノコトヲ位ノ高イホウノ男ガ聞イテ、大変気ノ毒ニ思ッタノデソノ位ノ低イ方ノ女ニ、タイソウ立派デ美シイ六位ガ着ル緑色ノ上衣ヲ見ツケ出シテキテ贈ッテヤロウトシテ、

紫草ノ色ガ濃イトキハ、遥々ト見渡サレル野ノ草木モ一様ニ美シク見エテ区別ガツカナイモノデス。ソノヨウニ私モ妻ヲ深ク愛シテイマスカラ、ソノ縁ニツナガルアナタヲモ、同ジヨウニ愛セズニハオレナイノデス

武蔵野ノ情趣ヲ詠ンダ有名ナ古歌『紫のひともとゆえに武蔵野の草はみながらあはれとぞ見る＝《タダ一本ノ紫草ガアルタメニ武蔵野ノスベテノ草ガソノ紫ニ縁ノアルモノトシテ、懐

カシイモノニ見エルヨ》』ノ気持チヲ基ニシテ詠ンダノデアロウ。

3．補説と鑑賞

（1）この段を理解するうえで、平安朝の王朝貴族社会において男性が公的の場に出る時には、束帯（正装）をすることが政令により決められていた。そのうちに、袍の色調まで官位により明記されていた。つまり一位は濃い紫色・二と三位は薄い紫色・四位は深い鮮やかな赤色＝深紅・五位は薄い赤色＝浅緋・六位は深緑・七位は浅緑・八位は藍色＝縹《はなだ》色、と決められていた。

（2）姉妹でありながら、それぞれの夫の官位の違いにより着る袍の色も異なるが、貧しい夫を持った女が失敗をして困り果てているところに、富んだ男の優しい思いやりにより、新しい袍が贈られて無事に貧しい男も共に出仕することが出来たという心温まる人情話である。この段の歌は古今和歌集巻17（868番）雑上に採り上げられている（前編「和歌文学」では不採択）。

六、第六十九段　『狩の使ひ』

むかし男ありけり。その男、伊勢の国に狩《かり》①の使《つかひ》に行きけるに、かの伊勢の

②斎宮《さいぐう》なりける人《ひと》の親、「常の使よりは、この人よくいたはれ」といひやりけ
れば、③親《おや》のことなりければ、いと⑤ねむごろにいたはりけり。あしたには狩に
いだしたててやり、⑤夕《ゆう》さりは帰《かえ》りつつ、⑥そこに来《こ》させけり。かくて⑦ねむごろ
に⑧いたづきけり。⑨二日《ふつか》といふ夜《よる》、おとこ、⑩われて「あはむ」といふ。女も⑪は
たいとあはじとも⑫思《おも》へらず。されど、人目しげければ、え逢はず。⑬使《つかひ》ざね
とある人《ひと》なれば、とほくも宿らず。女の閨《ねや》ちかくにありければ、女、⑭人《ひと》をし
づめて、⑮子一《ねひと》つ許《ばかり》に、男のもとに来たりけり。⑯男《おとこ》はた寝《ね》られざりければ、外《と》
のかたを見出して臥せるに、月のおぼろなるに、⑰ちひさき童をさきに立てて、
人立り。おとこ、いとうれしくて、わが寝る所に率て入りて、子一つより⑱丑《うし》
三《み》つまであるに、まだ何事も語らはぬにかへりにけり。おとこ、いとかなし
くて、⑲寝《ね》ずなりにけり。・・・・・・・・・(ここまで前段)
⑳つとめて、㉑いぶかしけれど、㉒わが人《ひと》をやるべきにしあらねば、いと心もと
なくて待ち居れば、明けはなれてしばしあるに、女のもとより、㉓詞《ことば》はなくて、
㉔君《きみ》やこし㉕我《われ》や行《ゆ》きけむおもほえず夢か現かねてかさめてか

おとこ、いといたう泣きて、

　㉖かきくらす心《こころ》の闇《やみ》にまどひにき㉗夢うつつとは㉘こよひ定《さだ》めよ

とよみてやりて、狩に出でぬ。㉙野《の》にありけれど、㉚心《こころ》は空《そら》にて、㉛こよひだに人しづめて、いととく逢はむと思ふに、㉜国《くに》の守《かみ》、斎宮《さいぐう》のかみかけたる、狩の使いありときて、夜《よ》ひと夜酒《よさけ》飲みしければ、㉝もはらあひごともせで、明けばおはりの国へ立なむとすれば、男も人知《ひとし》れず㉞血《ち》の涙《なみだ》をながせど、え逢はず。夜やうやう㉟明《あけ》なむとするほどに、女方よりいだす杯の皿に、歌をかきていだしたり。とりて見れば、

　㊱かち人《ひと》の渡《わた》れど濡れぬえにしあれば㊲

とかきて、㊳末《すえ》はなし。その杯の皿に、㊳続松《ついまつ》の炭《すみ》して、歌の末を書きつぐ。

　また㊴逢《あ》ふ坂《さか》の関《せき》を越《こ》えなむ

とて、㊵明《あ》くればおはりの国へ越えにけり。

㊶斎宮《さいぐう》の水《みず》の御時、㊷文徳天皇《ぶんとくてんのう》の御《おん》むすめ、㊸惟喬《これたか》の親王《みこ》の妹《いもうと》。

1．語句の解説と意味

①平安初期に鳥獣を狩りして朝廷の用に充当するために、諸国に派遣された使い。蔵人の五位の物がその任に充てられたらしいが、狩にかこつけて、その国の政治の状況を視察してもいたらしい。延喜五年（905）に廃止されているからそれ以前のことである。句末の「に」は格助詞（時格）＝《狩の使いに行ったときに》。　②名詞「斎宮」《天皇が即位の時に、皇女または女王を占い定めて伊勢大神宮に奉仕させたもの》＋助動詞（断定）「なり」の連用形＋助動詞（過去）「けり」の連体形「ける」＋名詞「人」＝《斎宮を務めていた人の》。　③名詞「こと＝言」＋助動詞（断定）「なり」の連用形＋助動詞（過去）「けり」の已然形「けれ」＋接続助詞（条件）「ば」＝《親が言った言葉であったから》。　④形容動詞（ナリ活）「ねむごろなり」の連用形（副詞法）「ねむごろに」＝（上代では「ねもころ」→平安時代には「ねむごろ」→鎌倉以降は「ねんごろ」と変化）。＝《丁寧に心をこめて対応する状態をいう＝丁寧に・親切に・真剣に・熱心に・親密に》。＋ラ行四段動詞「いたはる」の連用形「いたはり」＋助動詞（過去）「けり」の終止形＝《大事に世話をした・丁寧に面倒を見た》。　⑤名詞「夕」＋複合ラ変動詞（「然あり＝sikaari」の二重母音の前母音の脱落→「sikari＝然り」＝そうである・そうなる）＋係助詞「は」＋ラ行四段動詞「帰る」の連用形「帰り」＋接続助詞（反復）の「つつ」＝《夕方になると帰ることにしている》。　⑥代名詞（場

所）「そこ」格助詞（場所）「に」＋カ変動詞「く（来）」の未然形「こ（来）」＋助動詞（使役）「さす」の連用形「させ」＋助動詞（過去）「けり」の終止形＝《女官の斎宮が、男を自分の邸に来させた》。⑦「ねむごろに」については前の④にて説明済。⑧カ行四段動詞「いたづく（労く・病く）」の連用形「いたづき」＋助動詞（過去）「けり」の終止形＝《いたわった》。⑨到着後二日目の夜。⑩副詞（状態）「破れて」＋ハ行四段動詞「逢う」の未然形「逢は」＋助動詞（推量の意思の用法）＝《無理に・強いて、特別に「夜逢おう」》。⑪副詞（状態）《マタ・ソレモマタ・ヤハリ・マシテ》、「いと」も副詞であるが、次の「あらじ」に係るのではなく、その下の「思へらず」に係る。ハ行四段動詞「あふ」の未然形「あは」＋助動詞（意志の打消）「じ」の終止形＋接続助詞（逆接の仮定）「とも」＋ハ行四段動詞「思ふ」の已然形「思へ」＋助動詞（完了）「り」の未然形「ら」＋助動詞（打消）「ず」の終止形＝《モウ逢ウマイトハトテモ思ハナカッタ＝斎宮になった女官は特に身を清く保つべきだとされていたが、この女性は、訪ねてきた男性の雅なところにひかれ本心を述べているのである》。⑬名詞「使ざね」＝「ざね」は《主となる者、つまり「正使」。「ざね」は「実」の意味でこの場合は接尾語として使われている。＋格助詞（提示）「と」＋ラ変動詞「あり」の連体形「ある」＋名詞「人」＋助動詞（断定）「なり」の已然形「なれ」＋接続助詞（条件）「ば」＝《使者の中の中心人物であるから》。⑭《他ノ人タチヲ、寝静マラセテ》。⑮「子《ね》」の刻は、今日の午後十一時から翌日の午前一時ころまでの二時間。これを四等分して一つから四つまでである。したがって「子一つ」は深夜の零時ころである。⑯《男モマタ寝ラレナカッタノデ》。⑰《子供》。⑱「丑の刻」は今日の午前一時ころから三時ころの二時間を言った。「丑三つ」は午前二時半ころ。⑲ナ行下二段動詞「寝《ぬ》」の未然形「ね」＋助動詞（打消）「ず」の連用形＋ラ行四段動詞「なる」の連用形「なり」＋助動詞（完了）「ぬ」の連用形「に」＋助動詞（過去）「けり」の終止形＝《眠ラレナクナッテシマッタ》。

……（ここまで前段として以下後段とする）

⑳《その翌朝》　㉑形容詞（シク活）「いぶかし」の已然形「いぶかしけれ」＋接続助詞（逆接）「ど」＝上代語では「いぶかし」で、よく判らないから見たい・聴きたい・知りたい気持ちを起こすが、同義語の「ゆかし」は好奇心をそそられて、見たい・聴きたい・知りたい気持ちを表す点が異なっている。ここでは、＝《女ノコトガ気ニカカルガ》。　㉒「我が人をやる」は、《自分ノ使イヲヤル》、＋助動詞（推量の義務）「べし」の連体形「べき」＋助動詞（断定）「なり」の連用形「に」＋副助詞（強意）「し」＋ラ変動詞「あり」の未然形「あら」＋助動詞（打消）「ず」の已然形「ね」＋接続助詞（条件）「ば」＝《自分カラ使イヲ絶対ニヤルベキデハナイカラ》。㉓名詞「詞」＋係助詞「は」＋形容詞（ク活）「なし」の連用形「なく」＋接続助詞（単純）＝《手紙の文句はなくて》。　㉔名詞「君」＋係助詞（疑問）「や」＋カ変動詞「く」の未然形「こ」＋助（過去）「き」の連体形「し」　＝《アナタガ来タノカ》。　㉕「けむ」は、

助動詞（過去の推量）＝《私が行ったのだろうか》。「思はえず」は、ハ行四段動詞「思ふ」の未然形「思は」＋助動詞（受身。自発）の「ゆ」の未然形「え」＋助動詞（打消）「ず」の終止形＝《ハッキリトハ覚エテイナイ》。＝この歌は古今和歌集の戀（三）に含まれている。㉖《真ッ暗ニナッタ心ノ闇ノヨウナ状態ナノデ》。㉗ハ行四段動詞「まどふ」の連用形「まどひ」＋助動詞（完了）「ぬ」の連用形「に」＋助動詞（過去）「き」の終止形＝《迷ってしまった》。㉘「こよひ定めよ」は、《今夜来タ時ニ決メテ下サイ》＝この歌は、前の歌の返歌として古今集の戀（三）に記載されている。㉙「ありく」は（移動することで歩くとは限らない）。㉚《気持チハ上ノ空デ》。㉛名詞「今宵」＋副助詞（限定の最小限）「だに」＝《今宵ダケデモ》。㉜《国司で、斎宮の寮頭を兼ねている人》。㉝「もはら」は陳述の副詞で、下に否定語を伴ってその語に係る「全く・全然・一向に」この場合は「せで」に係る。＝《アッテモ話シ合イモ全クシナイデ》。㉞《ソノ夜ガ明ケタナラバ》。㉟カ行下二段動詞「明く」の連用形「明け」＋助動詞（完了）「ぬ」の未然形「な」＋助動詞（推量）「む」の終止形＋助詞（提示）「と」＋サ変動詞「す」の連体形「する」＋名詞「ほど」＋格助詞（時格）「に」＝《夜ガ明ケヨウトスル頃ニ》。㊱複合名詞「かち人」＋格助詞（主格）「の」＋ラ行四段動詞「渡る」の已然形「渡れ」＋接続助詞（逆接）「ど」＝《徒歩ダケデ渡ル人ガ》。㊲名詞「江」＋格助詞（場所）「に」＋副助詞（強意）「し」〈ここまでの三文字「江・に・し」は漢字の「縁」と掛けている〉＋ラ変動詞「あり」の已然形「あれ」＋接続助詞（条件）「ば」＝《浅イ江デアルカラ》＝漢字「縁＝yen」に強意の意味に使う副助詞（し）を加えて使った時に（n＋i＝に）と音韻変化＝母音添加して「えにし」という和語が出来た。㊳名詞「續松」＋格助詞（連体格）「の」＋名詞「炭」＋格助詞（手段・方法）「して」＝《松明ノ燃エ残リノ炭ヲ使ッテ》。㊴複合名詞「逢ふ坂の関」の「逢ふ坂」は、二人がまた「逢う」に掛けている「掛詞」。「こえ」は、ヤ行下二段動「越ゆ」の連用形「こえ」＋助動詞（完了）「ぬ」の未然形「な」＋助動詞（推量意志の用法）「ん（む）」＝《逢坂ノ関ヲ超エテ再ビ会イマショウ》。㊵《夜モ明ケタノデ》。㊶この一文は補注の意味。㊷合子内親王貞観元年から十八年斎宮。延喜十三年（913）逝去。

㊸文徳天皇の第一皇子の惟喬親王の、同母の妹。

2．現代語訳

ムカシ、男ガイタソウダ。ソノ男、伊勢ノ国ニ朝廷ノ使者トシテ狩リニ派遣サレタトキニ、京ニ住ム親ノ娘デ、マダ独身デアリ伊勢ノ大神宮ノ斎官ニナッタ娘ニ、「普通ノ使イトハ違ウ朝廷ノ任務ヲ持テ派遣サレタ人ナノデ、丁重ニ対応シナサイ」ト言ッテ来タノデ、親ノ伝言デアルカラ、タイソウ丁寧ニ対応シタ。朝ニナルト狩リニ送リ出シ、夕方ニナルト、独身デアル斎宮ノ女性ノ邸ニ来サセテイタ。コノヨウニ、独身女性ノ斎官ハ、都カラノ狩ノ使イデアル男性ヲ丁重ニ労ワッタ。伊勢ノ国斎宮ニ到着二日目ノ夜、男ハ、「私ト、心砕イテ気楽ニ逢イマショウ」ト言ウ。女モマタアマリ堅苦シク逢オウトハ全ク思ッテハイナカッタ。シカシ、周リハ人ノ目カ多イノデ、トテモソノヨウニハ逢エナカッタ。使者ノウチデモ中心人物デアルノデ、アマリ疎遠ニ離レテ寝カスコトモデキズ、自分ノ寝屋ノ近クニ居タカラ、女ハ、他ノ人タチヲ寝静マラセテ、深夜ニナッタコロニ、男ノモトニ来タノデアッタ。男ハ寝ルコトモデキナカッタノデ、外ノホウニ目ヲヤッテミテイルト、月ガオボロニカスンデイルトキニ、小サナ子供ヲ先ニ立タセテ女性ガ立ッテイマス。男ハ、スッカリ嬉シクナッテ、自分ガ寝テイル所ニ女ヲ率入レテ、深夜カラ翌日ノ一時過ギコロマデ一緒ニイタノニ、マダ一言モオ話モシナイノニ、女ハ帰ッテシマッタ。男ハ、タイソウ悲シクテ寝レナイデ夜ヲ明カシテシマッタ。……………〈前段の部分〉……………

ソノ翌朝女ノコトガ気ニカカルケレドモ、自分ノ方カラ使イヲヤルコトハ決シテナイカラ、イラダタシイ気持チデ待ッテイルト、夜ガ明ケテシバラクシテ、女ノホウカラ、詞ハナクテ、タダ歌ダケヲ書イテヨコシタ。

昨夜ハアナタガ私ノ邸ニ来ラレタノカ、ソレトモ私ガアナタノトコロヘ行ッタノカハッキリト覚エテイマセン。マタアレハ寝テイルトキノ夢ダッタノデショウカ。覚メテイルトキノ現実ノコトダッタノデショウカ。スベテガオボロゲデス。

男ハ、ヒドク泣イテ返歌ヲ書イタ。

昨夜ハ、真ッ暗闇ニ心ガ紛レテイタノデ、私ガ行ッタノカアナタガ来タノカ判ラナイママデシタ。

夢デアッタノカ現実デアッタノカハ、今夜ココニ来テ決メテ下サイ。

ト詠ンデヤッテ、男ハ狩リニ出テ行ッタ。野原ヲ歩イテイテモ、心ハ上ノ空デ、今夜ダケデモ人ヲ寝静マラセテ、早ク会イタイト思ッテイタノニ、国司デ斎宮領ノ頭ヲ兼ネタ人デ狩ノ使イガ来テイルト聞キツケテ、ソノ夜ヲ通シテ酒宴ヲ開イタノデ、女ト逢ッテ語リ合ウコトモ全然デキズ、ソノ夜ガ明ケレバ尾張ノ国へ出発シヨウトイウコトデ、男モ人知レズ痛切ニ悲シンダケレドモ、二人ハ逢ウコトハデキナカッタ。

夜モ次第ニ開ケヨウトスル頃ニ、女ノホウカラ杯ヲ出ス台ニ歌ヲ書イテ出シタ。ソレヲトッテ見ルト、

歩イテ渡ッテユク人デモ着物ノ裾モ濡レナイホドニ浅イ江ダカラ

ト上ノ句ダケ書イテ下ノ句ガ書イテナイ。男ハ、ソノ杯ノ台ニ、松明ノ燃エ残リノ炭デ、歌ノ下ノ句ヲ書キ続ケタ。

マタ逢ウ坂ノ関ヲ超エテアナタト逢イタイト思ッテイマス

ト言ッテ、夜ガ明ケルト尾張ノ国へト越エテ行ッテシマッタ。

コノ斎宮トイウノハ、清和天皇ノ斎宮デ、文徳天皇ノ皇女デ、惟喬親王ノ御妹ノコトデス。

3. 補説と鑑賞

（1）斎宮は、伊勢の大神宮に奉仕する皇女である。その任期は、天皇の在位中であって、御代が変われば交代する。この段は、有名な狩の使いの一段で、みやびで貴公子の美男子業平が狩の使者で伊勢へ赴いた。斎宮には、母親からの伝言があっ

て、その使者は普通の使いではなく、天皇家に関わる人であり、貴公子であるから丁寧にもてなすようにということであったから、そのように注意深くお世話をしているうちに、二人の気心は次第に深まり恋心に発展してゆく。昼の明るいうちは人目が多く会えないので、真夜中になって男のところへ忍んでゆく。しかし、何も語り合わないうちに、夜明けが近くなったので女は帰ってしまう。

（2）翌朝女からの使いが来る。男は喜んで今夜こそと思いを巡らすが、思いもしない公的な行事（国司主催の歓迎の酒宴が開かれることとなる）が出来て、二人の関係は予定通りにはゆかなくなる。現実というものは、このようにうまく運ばないものである。この酒宴に参席していた二人は、機会を見つけて男に差し出す斎宮の杯の台に書いて女は、男からの返答を待つのである。上の句と下の句の付け合いの連歌である。上の句には、「えにし」には《江であるので浅い所》という字面の意味と《縁がなかったから》という女の気持ちが掛詞で表現されている。その女の気持ちをさすがに貴公子業平は直ちに察して、男は返歌している。下の句の最後の「なむ」は、男の強い意思・願望の表現である。

（3）この段中の初めの二首（「君やこし…、かきくらす…」）は、古今和歌集の（巻第十三の恋歌三）に、はじめの斎宮の歌は六四五番の詞書を少しつけて「よみ人知らず」で、後の「返し」は六四六番「なりひらの朝臣」として記載されている。

七、第八十二段　『渚の院』

むかし、惟喬《これたか》の親王と申す親王《みこ》①おはしましけり。②山崎《やまさき》の③あなたに、④水無瀬《みなせ》といふ所に⑤宮《みや》ありけり。年ごとのさくらの花ざかりには、その宮へなむおはしましける。その時、⑥右のむまの頭《かみ》なりける人を、常に率《ゐ》ておはしましけり。⑦時世《ときよ》へて久《ひさ》しくなりにければ、⑧その人《ひと》の名《な》忘れにけり。狩は⑨ねむごろにもせで、酒をのみ飲みつゝ、⑩やまと歌《うた》に⑪かゝれりけり。⑫今《いま》狩りする⑬交野《かたの》の渚《なぎさ》の家、その⑭院《いん》の桜《さくら》ことにおもしろし。その木のもとに⑮おりゐて、枝を折りて⑯かざしにさして、⑰上中下《かみなかしも》みな歌《うた》よみけり。うまの頭なる人のよめる。

　世の中に⑱たえて桜《さくら》の⑲なかりせば　春の心は⑳のどけからまし

㉑となむよみたりける。㉒また人《ひと》の歌《うた》、

　㉓散《ち》ればこそいとど桜はめでたけれ　うき世に何か久しかるべき

とて、㉔その木《き》のもとは立ちてかへるに、日ぐれになりぬ。

〈長くなるので、ここで前段と後段に区切る〉

㉕御供《おとも》なる人《ひと》、酒をもたせて㉖野《の》より出《い》で来《き》たり。この酒を㉗飲みてむとて、よき
所を求めゆくに、㉘天《あま》の河《かわ》といふ所にいたりぬ。親王《みこ》にむまの頭《かみ》、㉙大御酒《おほみき》まい
る。㉚親王《みこ》ののたまひける。「交野を借りて、天の川のほとりに至るを題にて、
歌よみてさか㉛月《づき》はさせ」と㉜のたまうければ、かのむまの頭《かみ》よみて奉りける。

㉝狩《か》り暮らし㉞たなばたつめの宿《やど》からむ　天の河原に我は来にけり

親王、歌を㉟返々《かへすがへす》誦《ず》じたまうて、㊱返《かえ》しえし給《たま》はず。㊲紀《き》の有常《ありつね》御ともに㊳つかう
まつれり。それが返し、

㊴一年《ひととせ》にひとたび来《き》ます㊵君待《きみま》てば　宿かす人も㊶あらじとぞ思《おも》ふ

帰りて宮に㊷入《い》らせ給ひぬ。夜ふくるまで酒飲み物語して、あるじの親王、酔
ひて㊸入《い》り給《たま》ひなむとす。十一日の月も㊸かくれなむとすれば、かのむまの頭の
よめる。

㊺あかなくにまだきも月のかくるるか　山の端にげて入れずもあらなむ

親王に㊺かはりたてまつりて、紀の有常、

㊼をしなべて峯も㊽たひらになりななむ　㊾山《やま》の端《は》なくは月も　㊿入《い》らじを

1．語句の解説〈前段の部分〉

①この句の主語である「惟喬の親王」は、文徳天皇第一皇子。父が即位前の承和十一年（844）出生。小野の宮と号す。貞観十四年（872）出家。母は紀の静子で、名虎の女《むすめ》。有常と兄弟。寛平九年（897）五十四歳にして逝去。このころの親王は二〇歳当時と推定される。「おはし」は「いる」の尊敬の補助動詞サ変「おはす」の連用形＋サ行四段の補助動詞の連用形「まし」の複合した尊敬の複合補助動詞＋助動詞（過去）の終止形「けり」。＝《・・・ガイラッシャッタ》。②京都府（山城の国）乙訓郡大山崎村。③「あなた」は、この場合方向指示代名詞で、《都カラ見レバハルカ遠イアチラノ方ニ》。④大阪府（摂津の国）三島郡島本町広瀬。⑤名詞「宮」は、《御《み》家《や》・別荘・離宮》の意味。＋ラ変動詞「あり」の連用形「あり」＋助動「けり」終止形＝《別荘ガアッタ（ソウダ）》。⑥右馬寮の長官のことで、業平のことであるが、彼が右馬頭になったのは、貞観五年（863）である。⑦名詞「時世」＋ハ行下二段「経（ふ）」の連用形「へ」＋接続助詞「て」＋形容詞（シク活）「久し」の連用形「久しく」＋ラ行四段「なる」の連用形「なり」＋助動詞（完了）「ぬ」の連用形「に」＋助動詞（過去）「けり」の已然形「けれ」＋条件接続（確定）助詞「ば」＝《ソノ時カラ現在マデニハ長イ期間ガカカッテシマッタノデ》。⑧名詞（指示代名詞の中称）「そ」＋格助詞「の」＋名詞「人」＋連体格助詞「の」＋名詞「名」＋ラ行下二段動詞「忘る」

の連用形「忘れ」＋完了助動詞「ぬ」の連用形「に」＋助動詞過去「けり」の終止形＝《ソノ人ノ名前ハ忘レテシマッタ》。　⑨形容動詞（ナリ活）「ねむごろなり」の連用形「ねむごろに」（上代語では「ねもごろに」であったが平安時代になって「ねむごろに」となったことばで、意味用法には、《ア熱心ダ・真剣ダ・一途ダ、イ丁寧デ念入リダ・細ヤカニ心配リガ行キ届イテイル、ウ親密ダ・情愛ガ細ヤカダ、》などに使われるが、この場合は（ア）＋係助詞（強意）「も」＋サ変動詞「す」の未然形「せ」＋打消接続助詞「で」＝《（鷹狩の方は）アマリ熱心ニモヤラナイデ》。　⑩名詞「やまと歌」＝《和歌》。　⑪ラ行四段動詞「かかる」の已然形「かかれ」＋完了の助動詞「り」の連用形「り」＋過去の助動詞「けり」の終止形＝《トリカカッテイタ・熱中シテイタ》。　⑫名詞「今」＝《現在》。　⑬現在の大阪府枚方市。　⑭今日では枚方市の大字渚の観音堂が、「渚の院」の旧跡と言われている。　⑭《ソノ渚ノ院ノ桜ガ、特別ニ・・・》。この形容詞（シク活）「おもしろし」の理念用語の内容として、《ア趣キ深ク心惹カレルヨウダ・興味深ク目ガ覚メルヨウダ、イ気持チガ晴レ晴レスルヨウダ、ウ風変ワリデ滑稽ナトコロガ感ジラレル、》などの意味内容の古典用語であるが、この場合は最初のアの意味内容で言い表していると考えられる。分析して考えてみると、「おも」は（面）で（顔）のことであり、「白し」は（白い・明るい・はっきりしている）ことを言い表している。つまり明るい景色などが目の前に開けて気持ちが晴れ晴れするという内容が基本になった用語である。それが次第に多種文化芸術の成熟につれて、音楽や遊園など美しく知的興味深くなった時期がこの王朝時代であり、次の室町頃からは、右に挙げた三番目の意味内容を中心とした「滑稽さ」が強く表れた用語に移り変わって、今日の「面白い」の意味に変わってきた言葉である。

⑮ラ行上二段動詞「降る」＋ワ行上一段動詞の連用形「居る」の連用形「ゐ」＋接続助詞「て」＝《馬カラ降リテキテ腰ヲ下ロシテ》。

⑯名詞「かざし」＋格助詞（手段方法）「に」＋サ行四段動詞「さす」の連用形「さし」＋接続助詞「て」＝《髪ヤ冠ニ飾リトシテ挿シテ》。

⑰名詞「上中下」＋名詞「みな」＋名詞「歌」＋マ行四段動詞「詠む」の連用形「よみ」＋過去の助動詞「けり」の終止形＝《身分ノ上カラ下ノモノマデ皆歌ヲ詠ンダ》。

⑱副詞（陳述）「絶えて」［後に否定語を伴う。この場合は「なかり」］＋名詞「桜」＋格助詞（主格）「の」＝《桜トイウ花ガ絶エテ》。

⑲形容詞（カリ活）「なし」の連用形「なかり」＋過去の助動詞「き」の古語の用法の未然形「せ」＋条件接続助詞「ば」（未然形から続いた「ば」は仮定条件法である）＝《モシ桜ノ花ガ絶エテナクナッテシマウナラバ》。

⑳形容詞（ク活）「のどけし」の未然形「のどけから」＋推量の助動詞（反実仮想）終止形「まし」＝《ドレホドノンビリスルコトダロウカ…シカシ事実ニ反シテ実際ニハ少シモノンビリトハデキナイノデアル》。

㉑提示格助詞「と」＋係助詞（強調）「なむ」＋マ行四段動詞「詠む」の連用形「よみ」＋完了助動詞「たり」の連用形「たり」＋過去助動詞「けり」の連体形（直前の係助詞「なむ」の結びによる連体終止）＝《ト歌ヲ詠ンダノデアッタ》。

㉒「また」は、「岐・股」

などと語源が同じで、同じようなものが分かれて、もう一つある事を示す情態副詞＋名詞「人」＋連体格助詞「の」＋名詞「歌」＝《モウ一人ノ人ノ歌》。㉓ラ行四段動詞「散る」の已然形「散れ」＋接続助詞（条件）「ば」＋係助詞（強意）「こそ」＝《散ルカラコソ・（人ニ惜シマレテ）散ルノデ》。㉔名詞（指示代名詞）「そ」＋連体格助詞「の」＋名詞「木」＋連体格助詞「の」＋名詞「もと」＋係助詞（区別）「は」＝《ソノ桜ノ木ノ下カラハ》↓「ハ」によってその桜の木の他にもいろいろな木々がある事を暗示している。

（ここまでが前半の部分）

2. 現代語訳　（前半の部分）

ムカシ、惟喬親王ト申シ上ゲル皇子ガイラッシャッタ。山崎ノ向コウノ水無瀬トイウトコロニ離宮ガアッタ。毎年ノ桜ノ花盛リニハ、親王ハソノ離宮ニオデカケニナッタ。ソノ時、右馬頭デアッタ人ヲ、イツモツレテオデカケニナッタ。時代ガタッテ昔ノコトニナッテシマッタノデ、ソノ人ノ名前ハ忘レテシマッタ。鷹狩ノ方ハアマリ熱心ニモヤラナイデ、酒バカリ飲ミナガラ和歌ヲ詠ムコトニ熱中シテイタ。現在、狩ヲスル交野ノ渚ノ家、院ノ桜ハ特ニ美シイ。ソノ桜ノ木ノ下ニ馬カラオリテ座リ、桜ノ枝ヲ折ッテ、カザシニサシテ、身分ノ上カラ下マデミンナガ歌ヲ詠ンダ。馬頭デアッタ人ガ詠ンダ歌、

モシ世ノ中ニ桜ガナカッタナラバ、（キレイニ咲イテイルコノ花ガ雨ヤ風デ散ッテシマウノデハナイカト気ガカリニナッテ、スコシモ落着カナイガ）心ハヤスラカデアロウ。

ト詠ンダノデアッタ。モウヒトリノ人ノ歌、

人々ニ惜シマレテ散ッテユクカラコソ一層桜ハイイモノナノダ。コノ人間ノ世ノ中ニ不変ナモノナンテ何ガアロウカ。美シク咲イタト思ッテモスグニ散ッテシマウモノデアル。

ト詠ンデ、ソノ桜ニ木ノ下ヲタチサッテ、水無瀬ノ離宮ニ帰ル途中デ、日暮ニナッテシマッタ。

1．語句の解説〈後半の部分〉

㉕接頭語（敬意）＝（供人にではなく、親王の供であるから敬語の接頭語を付けた）＋名詞「供」＋断定助動詞「なり」（デアル）の連体形「なる」＋名詞「人」＝《御供デアル人ガ行キ合ッタ》。㉖名詞「の」＋格助詞（方向）「より」＋ダ行下二段動詞「いづ」の連用形「いで」＋カ変動詞「来《く》」の連用形「来《き》」＋完了の助動詞「たり」の終止形＝《(親王ガ水無瀬ニ帰ル途中デ、従者《ずさ》ニ酒ヲ持タセテ、)野ノ向コウノホウカラヤッテ来（ルノニデアッ）タ》。㉗マ行四段動詞「飲む」の連用形「飲み」＋完了の助動詞「つ」の未然形「て」＋意志の助動詞「む」の終止形＋提示格助詞「と」＋接続助詞「て」＝《飲ンデシマオウト思ッテ》。㉘大阪府枚方市禁野の一部に「天の川」という川がある。㉙「大御」は「酒」の美称。「まいる＝まゐる（参る）」には、自動詞四段の用法と他動詞四段の用法がある。自動詞の場合には「行く・来」などの謙譲語＝《参上スル・入内スル・オ仕エスル》と丁寧語＝《行キマス・来マス・参リマス》がある。他動詞の場合には、「與ふ・遣る・す・行ふ」などの謙譲語＝《差シ

上ゲル・献上スル・オ供エスル・奉仕スル・シテ差シ上ゲル》と、「食う・飲む・着る」などの尊敬語＝《召シ上ガル・オ飲ミニナル・着物ナドヲオ召シニナル》にも使われる。この場合は他動詞の謙譲語《オ酒ヲ差シ上ゲタ》の用法である。㉚名詞「（惟喬）親王」＋「の」格助詞（主格）＋「のたまひ」＝「言ふ」の尊敬語＋「ける」過去の助動詞「けり」の連体形＝体言その他の省略法＝《惟喬親王ガオッシャルコトニハ》。㉛名詞「さか月」＋係助詞（強調）「は」＝「杯は歌を詠んだ後に注せ」という意味の「は」＋サ行四段動詞「さす」の命令形「させ」＝《杯ハ歌ヲ詠ンダ後ニ注セ》。㉜「のたまう」は前の㉚と同様ハ行四段動詞『いふ』の連用形で尊敬語＋過去の助動詞「けり」の已然形「けれ」＋接続助詞（条件）「ば」＝《オッシャラレタノデ》。㉝複合動詞「狩り暮らす」の連用形中止法＝《一日中狩リヲシ続ケテ》。㉞複合名詞「七夕つ女」＋連体格助詞「の」＋名詞「宿」＝《織女星ノ宿》。㉟サ（ザ）変動「誦《ずん》ず」の連用形「誦じ」＋ハ行四段動詞「たまふ」のウ音便「給う」＋接続助詞「て」＝《声ヲ張リ上ゲテオ歌イニナッテ》。㊱名詞「返し」＋陳述副詞「え」＋サ変動詞「す」に連用形「し」＋ハ行四段の補助動詞（尊敬）「たまふ」の未然形「たまは」＋打消助動詞「ず」＝《返歌ヲナサルコトガ出来ナイ》。㊲この第八十二段の主人公で、惟喬親王の母の兄。その有常の娘、つまり惟喬親王の従兄妹になる女性が、在原業平の妻なのである。したがって紀有常は業平の義父になる人で、元慶元年（877）に六十三歳で没。㊳「仕へまつれり」のウ音便表現で、ハ行四段動詞「つかふ」の連用形「つかへ」のウ音便＋補助動詞ラ行四段動詞「まつる」の已然形「まつれ」＋完了の助動詞「り」の終止形＝《オ仕エイタシテイタ》。㊴《織女星ハ一年ニ一回ダケ》。㊵名詞「君」＝（この場合の「君」は「彦星」の牽牛星の事である）＋タ行四段動詞「待つ」の已然形「待て」＋条件接続助詞「ば」＝《牽牛星ヲ待ッテイルノダカラ》。㊶ラ変動詞「あり」の未然形「あら」＋打消し推量の助動詞「じ」の終止形＋提示格助詞「と」＋係助詞（強調）「ぞ」ハ行四段動詞「思ふ」の連体形（直前の係助詞「ぞ」の結び）＝《決シテ（ホカニ宿ヲ貸スヨウナ男ハ）イナイダロウト思ウ》。＝〔この歌は、「古今和歌集」（羇旅歌）419番（紀友則）として『文学大系』188頁に掲載〕。㊷ラ行四段動詞「入る」の未然形「入ら」＋尊敬の助動詞「す」の連用形「せ」＋ハ行四段尊敬の補助動詞「給ふ」の連用形「給ひ」＋完了助動詞「ぬ」の終止形＝二重の尊敬表現である＝《オ入リニナラレタ》。㊸ラ行四段動詞「入る」の連用形「入り」＋ハ行四段（尊敬）の補助動詞「給ふ」の連用形「給ひ」＋完了の助動詞「ぬ」の未然形「な」＋推量（意志）の助動詞「む」の終止形＋提示格助詞「と」＋サ変動詞「す」の終止形＝《オ入リニナロウトナサッタ》。㊹ラ行下二段動詞「かくる」の連用形「隠れ」＋完了の助動詞「ぬ」の未然形「な」＋推量の助動詞「む」の終止形＋提示格助詞「と」＋サ変動詞「す」の已然形「すれ」＋条件接続助詞「ば」＝《隠レテシマオウトスルノデ》。㊺ラ行四段動詞「かはる」の連用形「かはり」＋ラ行四段謙譲の補助動詞「奉る」の連用形「奉り」＋接続助詞「て」＝《代詠イタシテ・代ワリニオ詠ミイタシテ》。㊻情態副詞「をしなべて」＝《スベテ一様ニ・ミナ同ジヨウニ》。㊼形容動詞（ナリ活）「たひらなり」の連用形「たひらに」＋ラ行四段動詞「なる」の連用形「なり」＋完了の助動詞「ぬ」の未然形「な」＋他に対する希望の終助詞「なむ」＝《平ラニナッテホシイモノダナア》。㊽複合名詞「山の端」＝《山ガ空ト接スル当タリ・山ト空トノ稜線》。㊾ラ行四段動詞「いる」の未然形「いら」＋打消推量の助動詞「じ」の終止形＋感動の間投助詞の終助詞的用法「を」＝《入レナイデイテホシイモノダナア》。

2. 現代語訳　〈後半の部分〉

オ供デアル人ガ、シモベニ酒ヲ持タセテ野ノ向ウノ方カラ出テ来タ。コノ酒ヲ飲ンデシマオウトイッテ、飲ムノニヨイ場所ヲ探シニ行クト、天ノ川トイウ所ニ行キ着イタ。親王ニ馬ノ頭ガオ酒ヲ差シ上ゲル。親王ガオッシャラレルニハ、「交野ニ狩ヲシニ来テ、天ノ川ニ至リツイタコトヲ題ニシテ歌ヲマズ詠ンデカラ杯ヲサセ」トオッシャラレタノデ、カノ馬の頭ガ歌ヲ詠ンデ献上シタ歌ハ、

一日中鷹狩デ日ガ暮レタノデ、天ノ川ニ私タチガ着イタトコロデ、織姫星ニ宿ヲ借リヨウ。

親王ハコノ歌ヲ繰リ返シ繰リ返シ声ヲ上ゲテオ歌イアソバサレテ、返歌ヲナサラナイ。紀ノ有常ガ御供トシテオ仕エシテイタノデ、有常ガ返歌ヲ代詠シテ差上ゲタ。

織姫星ハ一年ニ一度ダケシカ来ナイ牽牛星ヲ待ッテオリマスカラ、他ノ者ガ宿ヲ貸セト言ッテモ七夕姫ハ宿ヲ貸ス男ハナカロウト思イマス。

帰ッテ水無瀬ノ離宮ニオ入リニナラレタ。夜ノ更ケルマデ酒ヲ飲ミ物語ヲシテ、主ノ親王ハ、酔ッテ奥ニオ入リニナロウトスル。折カラ十一日ノ月モ隠レヨウトスルノデ、カノ馬頭ガ詠ンダ（歌ハ）、

マダ見タリナイノニ早クモ月ハ隠レテシマウノダロウカ。アノ山ノ端ガ後ノホウヘ逃ゲ下ガッテ月ヲ沈マセナイヨウニシテホシイモノダナア。

親王ノ代詠ヲ承ッテ、紀ノ有常ハ、

ドノ山ノ峯モ平ラニ低クナッテホシイモノダ。山ノ端ガナケレバ月モ隠レナクテ済ムモノヲ。

3．補説と鑑賞

（1）惟喬親王を中心とした物語の最初である。親王は毎年桜の時季に水無瀬の離宮に赴き、右馬頭《うまのかみ》＝在原業平＝と、紀有常《きのありつね》を従えて鷹狩に出かけるのを恒例としていた。親王の母が有常の妹（紀静子）であり、かなりこの頃は年長者である。またこの年長の有常の娘が、右馬頭（業平）の妻である。したがって有常は、親王の伯父であり、業平の義父であるという三人の血縁関係によって、鷹狩の遊興も自然親密になり楽しい年中行事になって居たのである。しかしこの頃にはすでに名族の紀氏も、新興勢力を持った藤原氏に圧倒され、文徳天皇の第一皇子である惟喬親王は

帝位に付けず、当時右大臣であった藤原義房の娘明子と文徳天皇との間に生まれた第四皇子の惟人親王が、九歳で帝位につくこととなる。これが次代の清和天皇である。

（2）上記のような状況にあって、惟喬親王は二人の供と共に作歌や鷹狩、酒宴などの遊興を楽しんでいた。

しかしそれはついに親王の出家へと運命は変化するが、表面では風雅な遊興ではあったが、それは満たされぬ心の悶えを紛らわす所作であったのであろう。平安時代には、春は野山に入って花見を兼ねた狩をして、一・二泊する「桜狩」が流行した。この段での惟喬親王とその主従たちの鷹狩も、この「桜狩」の行楽の状況を描いた一段である。

（3）この段で詠まれている初めの二首は、『古今和歌集』の《羇旅の巻》第九の（418番）と（419番）に続いて採り上げられているが、後半の二首は、先の「あかなくに」の歌は、前半の歌と同様『古今和歌集』に入ってはいるが、第十七の《雑歌の上》（884番）に掲載されている。しかし最後の「おしなっべて」の歌は『古今和歌集』ではなく、『日本古典文学大系』の頭注によれば『後撰集』の《雑三》上野峰雄の歌を引用していている。このことから考察すればこの八十二段は、惟喬親王を中心として気心の合うものたちでの春を、十分に行楽清遊した「桜狩」の一日を編集者が創作的に構成したと思われる段である。

八、第八十三段『小野の雪』

むかし、①水無瀬《みなせ》にかよひ給ひし惟喬親王、②例《れい》の狩《かり》しに③おはします供に、④うまの頭《かみ》なる翁⑤つかうまつれり。⑥日《ひ》ごろへて、⑦宮《みや》にかへり給うけり。⑧御《お》おくりして、⑨とくいなむとおもふに、⑩大御酒《おほみき》給ひ、⑪禄《ろく》たまはむとて、⑫つかはさざりけり。このむまの頭《かみ》⑬心もとながりて、

⑭枕《まくら》とて草引き結ぶこともせじ　秋の⑮夜《よ》とだに⑯たのまれなくに

とよみける。時はやよひのつごもりなりけり。親王、⑰おほとのごもらで⑱あかし給うてけり。（以上前文）

⑲かくしつつまうでつかうまつりけるを、⑳思《おも》ひのほかに、㉒御髪《みぐし》おろし給ふてけり。む月に㉓おがみたてまつらむとて、㉔小野《おの》にまうでたるに、比叡の山の麓なれば、雪いと高し。㉕しひて御室にまうでておがみたてまつるに、㉖つれづれといと㉗物悲《がな》しくておはしましければ、やや㉘久《ひさ》しくさぶらひて、いにしへのことなど㉙思《おも》ひ出で聞こえけり。㉚さても㉛侍《さぶら》ひてしがなと思へど、㉜公事《くじ》どもありけれ

ば、え侍《さむら》はで、夕暮にかへるとて、
忘《わす》れては夢かと思ふ思《おも》ひきや　雪ふみわけて君を見むとは
とてなむ泣《な》く泣く来にける。

1．語句の解説

①名詞「水無瀬」＋格助詞（場所）「に」＝《水無瀬ノ離宮ニ》。②副詞（状態）「例の」＋名詞「狩」＋サ変動詞「す」の連用形「し」＋格助詞（目的）「に」＝《イツモノヨウニ狩リヲスルタメニ》。③「おはします」＝［サ行四段複合動詞「あり・居り・行く・来」などの尊敬語＝この場合は「行く」の尊敬語＝（サ行四段動詞「おはす」の連用形「おはし」）＋尊敬の助動詞「ます」］＝二重の尊敬表現＝《オ出カケニナラレル・御出デニナラレル》。④複合名詞「うまの頭《かみ》」＝律令制により決められた「右馬寮（うまのつかさ＝うまれう）」の長官で位は一等官＝＋助動詞（断定）「なり」の連体形「なる」＝《馬寮ノ長官デアル》＝この場合は、在原業平の事であるが、彼が「うまの頭」になったのは貞観五年（863）であった。⑤先の第八十二段『渚の院』の前段の解説㊳にて詳述済み。⑥「日ごろ」時や数に関わる名詞には副詞的用法がある［このシリーズ「文法編」の名詞の項に詳述参照を］＋ハ行下二段動詞「ふ」の連用形「へ」＋接続助詞「て」＝《幾日カ経ッテ》。⑦名詞「宮」＋格助詞（場所）「に」ラ行四

段動詞「かへる」の連用形「かへり」＋ハ行四段動詞（尊敬語）「たまふ」の連用形「給ひ」の（ウ音便）「給う」＋過去助動詞「けり」終止形＝《京ノ御殿ニオ帰リニナラレタ》。 ⑧尊敬の接頭語「御」＋ラ行四段動詞「送る」の連用形「送り」＋サ変動詞「す」の連用形「し」＋接続助詞「て」＝《翁ガ親王ヲ京ノ宮ニオ送リシテ》。⑨副詞（状態）「とく」＋ナ変動詞「いぬ」の未然形「いな」＋助動詞（意志）「む」の終止形＋ハ行四段動詞「思ふ」＋接続助詞「に」＝《早ク自分ノ家ニ帰ロウト思ッテイルト》。 ⑩名詞「大御酒」＋ハ行四段尊敬の動詞「たまふ」の連用形（中止法）「給ひ」＝この「給ひ」の主体者は「御酒」に「大」をつけて二重の尊敬すべき人物であることから、ここでは惟喬親王である＝《親王ガオ酒ヲ下サレ》。 ⑪名詞「禄」＋ハ行四段動詞「たまふ」の未然形「たまは」＋推量の助動詞（意志）「む」の終止形＋格助詞（提示）「と」＋接続助詞「て」＝《褒美ヲ下サレヨウト言ッテ》。 ⑫サ行四段動詞「つかはす」の未然形「つかはさ」＋打消助動詞「ず」の連用形「ざり」＋過去の助動詞「けり」の終止形＝《予定シテイタ褒美ヲ与エヨウトシテマダ下賜ナサラナカッタ》。 ⑬複合動詞ラ行四段「心許ながる」の連用形「心もとながり」＋接続助詞「て」＝《気ガカリニナッテ・待チ遠シイ気持チニナッテ・早ク帰リタク思ッテ》。 ⑭名詞「枕」＋格助詞「とて」＝この「とて」には、《…と言って、…と思って、…として》の三用法があるが、この場合はそのうちの最も接助詞的用法の《…トシテ》の意味。＝《枕トシテ》。 ⑮名詞「夜」＋副助詞（程度の軽重を示す）「だに」（この場合は単に強意的用法）＝《秋ノ夜ノヨウニ》。⑯マ行四段動詞「頼む」の未然形「たのま」＋助動詞（可能）「る」の未然形「れ」＋打消助動詞「ず」の未然形「な」（上代語の名詞化するク語法）＋接続助詞「に」＝《アテニモデキズユックリト》シテオラレナイノニ》。⑰ラ行四段動詞「大殿籠る」の未然形「おほとのごもら」＋打消接続の助詞「で」＝《オ休ミニモナラナイデ》。⑱サ行四段動詞「明かす」の連用形「あかし」＋尊敬の補助動詞「たまふ」の連用形「たまひ」のウ音便「給う」＋完了助動詞「つ」の連用形「て」＋助動詞（過去）「けり」の終止形＝《オ明カシニナッテシマワレタ・オ明カシニナラレタ》。――（以上前文）――⑲情態副詞「かく」＋サ変動詞「す」の連用形「し」＋接続助詞（同時並行）「つつ」＝《コノヨウニシテ幾度モ》⑳ダ行下二段動詞「参づ」（「参出づ」の約語）＋複合動詞（謙譲）「つかいまつる」の連用形のウ音便「つかうまつり」＋過去の助動詞「けり」の連体形「ける」＋接続助詞（逆接）「を」＝《参上シテオ仕エイタシタガ》。㉑複合副詞（強調）「思ひのほかに」＝《意外ニモ》。㉒名詞「御髪」＋サ行四段動詞「おろす」の連用形「おろし」＋尊敬の補助動詞「たまふ」の連用形「たまひ」＋完了助動詞「つ」の連用形「て」＋過去の助動詞「けり」の終止形＝《親王ハオ髪ヲ切ッテ出家シテシマワレタ》。㉓マ行四段動詞「拝む」の連用形「おがみ」＋謙譲の補助動詞「奉る」の未然形「たてまつら」＋推量の助動詞（意志）「む」の終止形＋格助詞「とて」（この場合は前の⑭のうちの二番目「…と思って」）＝《（親王の）オ顔ヲ拝シヨウト思ッテ・

オ目ニカカロウト思ッテ》。　㉔名詞「小野」＝京都山城の愛宕郡小野郷にあった惟喬親王の隠棲の地＋格助詞（場所）「に」＋ダ行下二段動詞「参づ＝（参出づ）の約語」の連用形「まうで」＋完了助動詞「たり」の連体形「たる」＋接続助詞「に」＝《小野ニ参上シタトコロ・小野ニ参上シテミルト》。　㉕副詞（状態）「しひて」＝《無理ニ・無理ヤリ・ムヤミニ・無償ニ》↓この場合は、《無理ヤリ・ムヤミニ》とかなり難儀を押し切って行動している状態を述べている。　㉖副詞（状態）「つれづれと」＝《スルコトモナク手持無沙汰デ・所在ナサソウニ》。　㉗接頭語（何んとなく）「物」＋形容詞（シク活）「悲し」の連用形「悲しく」の一語＋接続助詞「て」＝《物悲シソウナゴ様子デ》。　㉘形容詞（シク活）「久し」の連用形「久しく」＋ハ行四段動詞（謙譲）「さぶらふ」の連用形「さぶらひ」＋接続助詞「て」＝《長イ間オソバニイテ》。㉙複合動詞ダ行下二段「思ひ出づ」の連用形「思ひ出で」＋ヤ行下二段動詞（謙譲語）「聞こゆ」の連用形「聞こえ」＋助動詞（過去）「けり」＝《思イ出シテ申シ上ゲタ》。㉚副詞（状態）「さて」＝《ソノママデ・今マデノママデ》＋係助詞（感動）「も」＝《ソノママイツマデモ》。㉛ハ行四段動詞「侍ふ」の連用形「侍ひ」＋終助詞（願望の複合助詞）「てしがな」＝［「て」は完了の助動詞「つ」の連用形・「し」は過去の助動詞「き」の連体形・「がな」は願望の終助詞。しかしここでは「て・し」の過去完了形は意味をなしていない。ただ慣用として使われているだけで、中心的な内容は強い願望である］。＝《オソバニイテ（思イ出話ナドヲシテ）イタイモノダナア》。㉜

名詞「公事」接尾語（複合名詞）「ども」（同類の複数を表す）＋ラ変動詞「あり」の連用形「あり」＋助動詞（過去）「けり」の已然形「けれ」＋接続助詞「ば」＝《イロイロ宮中デノ仕事ガアッタノデ》。㉝副詞（陳述）「え」（後に否定語＝打消を伴う）＋ハ行四段動詞「侍う」（謙譲）の未然形「侍は」＋打消接続の助詞「で」＝《オソバデ仕エルコトモデキナイノデ》。㉞ラ行下二段動詞「忘る」の連用形「忘れ」＋接続助詞「て」＋係助詞「は」（区別＝この場合は強意を含む）＝《現実ノ出来事ダトイウコトヲフト忘レルト》。㉟ハ行四段動詞「思ふ」の連用形「思ひ」＋助動詞（過去）「き」の終止形＋係助詞「や」（反語＝この場合は結びの省略）＝《思ッタデアロウカ、イヤ思イモシナカッタ》。㊱副詞（情態）「泣く泣く」＝《泣キナガラ・泣カンバカリニ》＋カ変動詞「来《く》」の連用形「来《き》」＋助動詞（完了）「ぬ」の連用形「に」＋助動詞（過去）「けり」の連体形「ける」（上の係助詞「なむ」の結び）＝《都ニ帰ッテキ（テシマッ）タ》。

2. 現代語訳　（前半の部分）

昔、水無瀬ニヨク遊ビニオ出カケニナッタ惟喬親王ガ、イツモノヨウニ、鷹狩ヲシニイラッシャルオ供ニ、馬頭デアル老人ガオ仕エ申シ上ゲタ。幾日カ過ギテ、都ノ御殿ニオ帰リニナッタ。馬頭ハ、オ送リシテ、早ク自分ノ家ニ帰ロウト思ッテイルト、親王ハオ酒ヲ下サレ、ゴ褒美ヲ下サロウトシテ、イツマデモオ返シニナラナカッタ。ソコデコノ馬頭ハ、早ク帰リタ

クテ、

枕トシテ草ヲ結ンデ旅寝ヲスルコトハ致シマスマイ。今ハ、春ノ短夜デ、秋ノヨウニ夜長ヲ当テニシテユックリトモシテオラレマセンカラ。

ト詠ンダ。時ハ旧暦ノ三月ノ末デアッタ。親王モオ休ミニナラナクテ、夜ヲ明カサレタ。

—（前文）—

コノヨウニシテ、幾度モ参上シテオ仕エ申シ上ゲタガ、以外ニモ、親王ハ髪ヲ切ッテ出家シテシマワレタ。馬頭ガ正月ニオ会イ申シ上ゲヨウト思ッテ、親王ノ住ンデイラッシャル小野ニ参上シタトコロ、小野ハ比叡ノ山ノ麓デアルカラ、雪ガタイソウ深イ。ソノ雪ヲ難儀シツツゴ庵室ニ参上シテオ目ニカカッタトコロ、親王ハ手持無沙汰デヤルセナク、タイソウモノ悲シイゴ様子デイラッシャッタノデ、ヤヤ長イ間オソバニイテ、昔ノコトナド思イ出シテオ話シ申シ上ゲタ。コノママイツマデモオソバニイタイモノダト思ッタケレドモ、イロイロト宮中デノオ仕事モアッタノデ、オソバニハオ仕エデキナクテ、夕暮ニハ帰ロウト思ッテ、

アマリノ出来事ニ現実ノ事ダト、フト忘レテ夢デハナイカト思ワレマス。カツテノ権勢トハ打ッテ変ワッテ、コノヨウナワビ住マイヲシテオラレル親王ニ、雪ヲ踏ミ分ケテオ目ニカカルナド、以前ハ予想モシナカッタコトデス。

ト詠ンデ、泣ク泣ク家ニ帰ッテ来タコトデス。

3．補説と鑑賞

（1）業平が惟喬親王のお供をして、京に帰ろうとしてもいつもと違って引き止め

られ、今は晩春の短夜であるから早く帰って休みたいから、その気持ちを歌に詠む。その時の晩春から新しい年を迎えて、新年のご挨拶に業平は親王のお住いの比叡山の麓の小野まで、雪を踏み分けて行く。お会いしてみて業平は、「思ひの他に」、惟喬親王が御髪を下ろし、これまでならば新春の公私ともにご多忙であるはずであるが、「つれづれといともの悲しくて」いらっしゃるので、これは夢ではないのかという歌を詠んで、泣く泣く都に帰るのである。この時初めて業平は先の晩春の狩後の親王のご様子を思い出しているのである。［この段最初から二行目の「御おくりして」から、「枕とて草ひき結ぶ…」の歌までの事を］。

（2）惟喬親王は、文徳天皇の第一后であった紀静子の第一皇子であるが、当時権勢を台頭した藤原冬嗣の孫の明子との間に生まれた惟人親王がわずか九歳で五十六代天皇（清和）になるなど、当時藤原義房を中心として勢力紛争が絶えなかったが、中でも貞観八年（866）の「応天門の変」の後、それまで天皇家を支えてきた名門の「大伴家・紀氏」は没落させられた。それに伴って惟喬親王の母が紀静子であるために、本来ならば父文徳天皇に次いで五十六代天皇になるはずであったが、異腹の弟惟人親王が押される結果となった。このような人間的に恥ずべき状況を厭い、きわめて人間性豊かな生き方を続けてきた業平の雅な人柄を愛してきた惟喬親王との関係が、この第八十三段を中心として、前段の八十二段から八十五段まで、二人の深い友情として長く綴られている。高等学校の古典教材としても必ずこのうちの一・

二段が採択されている。

（３）この段の後の「忘れては…」の歌は、『古今集』巻第十八「雑歌」の（970）番の歌として、長い詞書を付けて掲載されている。また『新古今集』にも、巻第十八「雑歌」（1718）番に、惟喬親王の歌が「夢かとも何か思はん　浮世をばそむかざりけんほどぞ悔しき」の詞書に、『世をそむきて、小野といふ所に住み侍りけるころ、業平朝臣の、雪のいと高う降り積みたるをかき分けてまうで来て、「夢かとぞ思ふ思いきや」と詠み侍りけるに』とある。（この両歌は、このシリーズの「和歌文学編」には採り挙げてはいない。）

九、第八十四段『さらぬ別れ』

むかし、をとこありけり。①身《み》はいやしながら、②母《はは》なむ宮なりける。その母、③長岡《ながおか》といふ所に住み給ひけり。子は京に宮づかへしければ、④まうづとしけれど、⑤しばしばえまうでず。⑥ひとつ子にさへありければ、⑦いとかなしうし給ひけり。さるに、十二月ばかりに、⑧とみのこととて御ふみあり。⑨おどろきて見れば、歌あり。

老いぬれば⑩さらぬ別《わか》れのありといへば⑪いよいよ見《み》まくほしき君かな

かの子、いたううち泣きてよめる。

世の中にさらぬ別れの⑫なくもがな⑬千代もといのる人の子のため

1．語句の解説

①名詞「身」＝《身分・官位》＋係助詞（区別）「は」＋形容詞（シク活）「いやし」＝《低い》＋接続助詞「ながら」（逆接の確定条件）＝《ケレドモ》。②名詞「母」＋係助詞（強意）「なむ」＋名詞「宮」＋助動詞（断定）「なり」＝《デアル》＋助動詞（過去の伝聞推定）＝《ヨウデアル》＝業平の母は、桓武天皇の皇女の伊登内親王。「続日本後紀」には「伊豆」・「伊都」と記述されているところから、「伊登」は（いづ）と読んだらしい。父の阿保親王は、業平十八才の時に、母は三十七才の時、貞観三年（861）に没去している。③『日本古典体系』では、京都の長岡町の旧址と記述しているがその他の資料には「向日町付近」としている。④謙譲の下二段動詞「まうづ」＝「「参り出づ」→「まゐいづ」→「まゐづ」→「まうづ」と変化した」＋格助詞（提示）「と」＋サ変動詞「す」の連用形「し」＋助動詞（過去）「けり」の已然形「けれ」＋逆接助詞「ど」＝《参上シゴ機嫌伺イヲシヨウト思ッテイタケレドモ》。⑤情態副詞「しばしば」＝《タビタビ・何度モ・ショッチュウ》＋陳述副詞「え」（後に否定語（打消）を伴う＝この場合は「ず」）＝《デキナイ》

＋ダ行下二段動詞「まうづ」（謙譲語）の未然形「まうで」＋助動詞（打消）「ず」＝《シバシバ参上デキヌコトモアッタ》。⑥複合名詞「ひとつ子」＝《一人っ子》＋格助詞（原因・理由）「に」＋添加の副助詞「さへ」＝《・・・ノ上ニサラニ》＋ラ変動詞「あり」の連用形「あり」＋助動詞過去「けり」の已然形「けれ」＝《母ト子ガ離レテイル上ニ、サラニ一人ッ子デアッタ》。⑦形容詞（シク活）「かなし」の連用形「かなしく」のウ音便「かなしう」＋サ変動詞「す」の連用形「し」（上記二語の複合動詞とみてもよい）＋尊敬の動詞「給ふ」の連用形「給ひ」＋助動詞（過去）「けり」の終止形＝《カワイガッテオラレタ》。［「かなしう（愛し）」には（1）身にしみて愛おしい・かわいい（2）心を強くひかれる・素敵だ（3）感心すべきだ・あっぱれだ、の三つの用法があるが、この場合は（1）］。⑧形容動詞（ナリ活）「とみなり」の語幹が名詞的用法に変わった語＋連体格の助詞「の」＋名詞「こと」＋格助詞「とて」［「とて」には主に次のような用法がある。（1）目的（何かをしようとする目的・考えを表す＝・・・ヲシヨウト思ッテ）（2）理由（後に述べる動作の原因・理由を示す＝・・・トイウワケデ・・・ダカラトイッテ）（3）引用（他人の考えや言葉を引き合いに出して示す＝・・・ト言ッテ・・・ト思ッテ）（4）名称（人の名前や地位を後に付けて示す＝・・・ト言ッテ・・・トシテ）があるが、この場合は（2）＝《急ナコトダトイウコトデ》。⑨カ行四段動詞「おどろく」の連用形「おどろき」＋接続助詞「て」＋ラ行上一段動詞「見る」の已然形「見れ」＋接続助詞「ば」（一般的条件法）＝《驚イテ開ケテ見ルト》。⑩ラ行四段動詞「避る」

の未然形「さら」＋助動詞（打消）「ず」の連体形「ぬ」＋名詞「別れ」＋格助詞（主格）「の」＝《ドウシテモ避ケラレナイ別レ（死別）ガ》。⑪情態副詞「いよいよ」＋ラ行上一段動詞「見る」の未然形「見」＋助動詞「む」連体形「む」＋上代語の名詞化する接尾語「あく」＝（muaku）の二重母音の前母音の脱落による原則に従って（maku＝まく）＋形容詞（シク活）「ほし」の連体形「ほしき」＝《マスマスオ会イシタクテナリマセン》。　⑫形容詞（ク活）「なし」の連用形「なく」＋終助詞（願望）「もがな」＝《ナケレバイイノダガナア》。この上の句第三句で切れているので、下の句と倒置法になっている。⑬名詞「千代」＋係助詞（強調）「も」＋格助詞（提示）「と」＋ラ行四段動詞「祈る」の連体形＝《千年モ生キテイテ欲シイト祈ル》。

2．現代語訳

昔、一人ノ男ガイタ。ソノ官位ハ低カッタガ、母ハ内親王デアッタ。ソノ母ハ、長岡トイウトコロニ住ンデイラッシャッタ。子ハ京デ宮仕エヲシテイタノデ、母ノ許ヘゴ機嫌伺ヲシタイト思ッテイタケレドモ、シバシバ参上デキナイコトモアッタ。特ニコノ男ハ母ノ一人ッ子デアッタノデ、タイソウ可愛ガッテイラッシャッタ。シカシナガラ、陰暦ノ十二月頃ニ、急用トイウコトデオ手紙ガ届イタ。驚イテ開ケテミルト、歌ガ書イテアル。

年ヲ取ッテシマウト、避ケラレナイ死別トイウコトガアルトイウコトダカラ、マスマスアナタニオ会イシタクテナリマセン。

ソノ子ハ、タイソウ泣イテ歌ヲ詠ンダ。

コノ世ノ中ニ死別トイウモノガナケレバイイノニ、私ノ母ガ千年モ長ク生キテイテ欲シイト願ウ人ノ子デアル私ノタメニ

3. 補説と鑑賞

（1）この段についてはまず、平安時代のことばがどのように変化して使われていたのか、それを現代のわれわれがどのように理解したらよいのか、という言葉に対する確認をするのにはとても都合のいい段である。まず「まうづ」・「かなしうし」・「見まくほしき」・「なくもがな」などに付いては、先の「語句の解説」でも既述したように、特に意識して学習することによって確認したい段である。

（2）またこの段における散文の部分と、後に続く二首の和歌の部分との関係を学習者諸君に確認してもらいたい。散文の部分の「をとこ」の「おどろきて見れば」に続く、二人の和歌に込められている純粋な心情表現を確認したうえで、この段の構成も把握するのによい段である。

（3）この段の二首の和歌は、『古今和歌集』の巻十七の雑歌上（900）・（901）番に続いて採択されている。なおこのシリーズの『日本語を科学する』の前編「和歌文学」編でも後の「世の中に…」の歌は既に採り上げており、この「補説と鑑賞」より詳述している。

十、第百六段『からくれなゐ』

昔、おとこ、親王たちの①逍遥《しょうよう》し給《たま》ふ所にまうでて、②③龍田川《たつたがは》のほとりにて、

④ちはやぶる⑤神代《かみよ》もきかず龍田川からくれなゐに水くくるとは⑥

1．語句の解説

①「逍遥」は、《心ヲ慰メヨウトシテ遊ビ歩ク》ことで、この言葉は荘子の「逍遥」編に使われていると、この底本である『日本古典文学大系』の頭注に記述されている。「逍遥し」でサ変動詞「逍遥す」の連用形「逍遥し」＋尊敬の補助動詞「たまふ」の連体形＋形式名詞「所」＋格助詞（時格）「に」＝《心ヲ慰メヨウトシテ、川遊ビヲシテテイラッシャル時ニ》。②ダ行下二段動詞（謙譲）「まうづ」の連用形「まうで」（前段の「語句の解説」④で詳細な説明は解説済み）＋接続助詞「て」＝《参リマシテ》。③奈良県生駒郡辺りを流れる川。④「ちはやぶる」は「神」の枕詞。⑤名詞「神代」＋係助詞（強意）「も」＋カ行四段動詞「聞く」の未然形「きか」＋打消助動詞「ず」の終止形＝《神代ノ時代カラモ全ク聞イタコトガナイ》。＝この歌は、この第二句で切れている二句切れの倒置法である。⑥「みずくくる」は白布を糸でくくって絞り、それぞれの色の水に染ませて絞り染めにすること。

2. 現代語訳

昔、アル男ガ、親王タチガ川遊ビヲナサッテイルトキニ、ソコニ参上シテ、龍田川ノホトリデ、龍田川ニ紅葉ガイッパイ散ッテ、美シイ紅葉色ニアタカモ絞り染メニシテイルヨウニ見エマス。

コノヨウナ美シイ情景ハ、不思議ナコトノ多カッタ神代ノ時代デモ聞イタコトハナイ。

3. 補説と鑑賞

（1）この歌は、龍田川の美しい風景を詠んだ歌であるが、『古今和歌集』の巻五の秋歌下にある（294番）がこの「ちはやぶる…」の歌であるが、そのすぐ前の（293番）の素性法師の歌の詞書によると、東宮の御息所にあった屏風に描かれていた絵を、題として詠んだ歌であり、龍田川の藍色の流れる水に、美しい紅色の紅葉の葉が所々に集まり、あたかもくくり染めにしたようだと、その絵を詠んでいるものである。

（2）この歌の構成は、二句切れで第五句に係る。したがって現代語訳を見ればわかるように、明確な倒置法である。

（3）この歌については、すでにこのシリーズ『日本語を科学する』の《和歌文学》編の中でも採り上げ詳細に解説済みである。参照されたい。

十一、第百二十五段『つひの別れ』

むかし、おとこ、①わづらひて、②心地《ここち》しぬべく③おぼえければ、
④つひにゆく道とは⑤かねてききしかどきのふ今日とは⑥思《おも》はざりしを

1．語句の解説

①ハ行四段動詞「わづらふ」の連用形「わづらひ」＋接続助詞「て」＝平安時代においで「わづらふ」の使用には、ア病気で苦しむ・病む、イあれこれ気を使って悩む・ウ煩わしい思いをする・難儀する、エ（動詞の連用形について）…しかねる…するのに苦しむ、の四つの用法があるが、この場合はアの意味である。＝《病気ニナッテ》。②名詞「心地」＋ナ変動詞「死ぬ」の連用形「死」＋助動詞（完了）「ぬ」の終止形＋助動詞（推量）「べし」の連用形「べく」＝《気分ガ悪ク死ンデシマイソウニ》。③ヤ行下二段動詞「おぼゆ」の連用形「おぼえ」＋助動詞（過去）「けり」の已然形「けれ」＋接続助詞（条件）「ば」＝《思ワレタノデ》。④副詞（状態）「つひに」＋カ行四段動詞「行く」の連体形「行く」＋名詞「道」＝《最後ニハユカネバナラナイ死ノ道》。⑤副詞（状態）「かねて」＋カ行四段動詞「聞く」の連用形「きき」＋助動詞（過）「き」の已然形「しか」＋接続助詞（逆接）「ど」＝《以前カラ聞イテハイタケレドモ》。⑥

ハ行四段動詞「思ふ」の未然形「おもは」＋助動詞（打消）「ず」の（ザリ系列）の連用形「ざり」＋助動詞（過去）「き」の連体形「し」＋間投助詞（余情を含んだ逆説的感動）「を」＝《思イモシナカッタノニナア》。

2．現代語訳

昔、アル男ガ、病気ニナッテ、死ンデシマイソウニ思ワレタノデ、

死トイウモノハ誰デモ最後ニハユク道ダトハ前々カラ聞イテイタガ、ソレハ　ハルカ先ノ事デ、マサカ昨日今日ト差シ迫ッタコトダトハ思ッテモイナカッタコトダヨ

3．補説と鑑賞

（1）病床に臥せって死を覚悟したのであろう。人間誰しもいつかは死ぬものだとは知っている。しかし自分はそう早くは、死の世界に行くとは考えてはいないのが一般的で、まだまだ先の事であると誰しもが思っている。波乱万丈の生涯を生きてきた雅な男性も、病の重体を予感して辞世の歌としたのであろう。この業平の死において、「伊勢物語」百二十五段で最終段としている。

（2）『古今和歌集』の巻十六「哀傷歌」の最後から二番目（861）の歌には、心身ともに弱りはてた時に詠んだ歌と詞書している。作者は「なりひらの朝臣」とある。業平の死は元慶四年（880）五月二十八日で、享年五十八歳であった。この巻きの最

後の歌は業平の息子の滋春の歌で、父の死を「…今はかどでのかぎりなりけり」と締めくくっている。

（３）『伊勢物語』は業平という雅な男性の生涯における生き方の典型が描かれている。その一つが、今現代の成人式にあたる「初冠」では、大人の仲間入りした自分は今後いかに生きてゆけばいいのか、自分に誠実に生きる努力を続けようと一つの決意を自己の内面に言い聞かせる時である。しかし「東下り」では、青年期の誰しも経験する自己喪失で、いちど旅に出ていろいろと体験し自己を広げようと試みるのである。「筒井筒」の段に見る少年少女の友情は狭い地域での体験ながら、純愛の芽生えが順調に育ってゆく過程が描かれている。また「渚の院」の前後の段では、惟喬親王との友情深い業平のいかにも洗練された雅びな男の姿が十分に描かれている。「さらぬ別れ」で視るような母子の情愛は、簡潔ながら深く物語られる一段である。

（４）高校の古典教材として採択されている段をここに取り出してみたが、『伊勢物語』も王朝時代の作り物の最初であるとは言われながらも、業平の雅な美男子で皇族の出身であり、自由奔放な男性の愛に生きた一代記である。この男性の物語化については、既に十三頁辺りに記述したように、在原業平の家集「業平集」を中心に、業平に関わる複数の人物によって物語の構成として成立させたものというのが定説になっているが、当時王朝物語文学の貴公子の生き方の手本にされてこともうなずけるように、王朝貴族の読者であった貴公子たちの心深くに、受け入れられていたであろうと想像される。

（５）次に採り上げる王朝時代の物語は、その内容として「伊勢物語」とは一変した歴史物語である。成立はこの時代の後期に下るが、今日の十数社の教科書を見て、十社以上の古典教材に「大鏡」が採択されているのは、源氏物語は言うまでもないが、日記文学・随筆に加えて、歴史物語の「大鏡」である。『王朝物語文学』の初めと終わりの二編をまず取り上げて、それぞれよく読まれる段落を採択して解説する。

第四章 『大鏡』

第一節 「大鏡」の概説

歴史的事実を主として仮名文によって書いた文学の一種類である。「歴史物語」と言われる古典の代表作が「大鏡」である。中国の史書が「かがみ」の呼称でいわれているのに習って、日本の歴史文学の多くにも付けられている。「大鏡」の内容は、藤原道長の一代記を主として描こうとしたのであるが、彼が権勢を把握するに至った過程として、文徳天皇嘉祥三年（851）に筆を起こしている。文徳天皇の母は藤原冬嗣の娘で、藤原氏は一度ここで崩滅している。したがって帝紀は文徳天皇から、列伝は冬嗣から始めている。道長の勢力が絶頂に達したところで擱筆している。この間十四代、一七六年もの長い歴史物語である。

有名な序文は、京都紫野雲林院における菩提樹の場面を描き、大宅世継・夏山茂樹など超長老の二人を仮想的人物として、活躍させた序文から始まり、「昔物語」を大いに緊張させながら会話が続き、天皇の「本紀」と臣下の「列伝」とからなっている。作者は不詳だが男性で、かなりの筆力を持ち、文章も簡潔ながら力強く魅力のある構想力を備えた人物である。その成立年代も諸説があり確定していないが、およそ一〇五〇年ころから一一〇〇年の間という説が多い。

多くの高校教科書では、この島の唯一の白亜の殿堂である高校の国語の先生に、十数冊の国語の見本教科書を見せて戴いたうち、この序文はほとんどの教科書が採択している。その点でまずこの序文から解説をすすめたい。

第二節　「大鏡」の本文

一、序文　『雲林院の菩提講』

①先《さい》つ頃、②雲林院《うりんいん》の③菩提講《ぼだいこう》に④まうでて侍《はべ》りしかば、⑤例《れい》の人《ひと》よりは⑥こよなう年老い、⑦うたてげなる翁二人、⑧嫗《おうな》と行《ゆ》きあひて、同じ所に⑨ゐぬめり。⑩あはれに同《おな》じやうなる者《もの》のさまかなとみ侍《はべ》りしに、⑪これらうち笑ひ、⑫見《み》かはして言《い》うやう、(代次)「としころ、昔の人に対面《たいめ》して、いかでよの中の見きく事をも⑬聞《き》こえあはせむ。このただいまの⑭入道殿下《にゅうどうでんか》の御《おん》ありさまをも⑮申《もう》しあはせばやと思《おも》ふに、あはれにうれしくもあひ申したるかな。⑯今《いま》ぞ心安《こころやす》く黄泉路《よみじ》もまかるべき。思しきこと言はぬは、⑰げにぞ腹《はら》ふくるる心地《ここち》しける。⑱かかればこ

そ、昔の人はものいはまほしくなれば、あなをほりては⑲いひいれ侍《はべ》りけめと、
おぼえ侍り。かへすがへす⑳うれしく対面《たいめ》したるかな、さても、いくつになり
給ひぬる」といへば、いまひとりのおきな、（繁樹）「いくつといふ事、さら
におぼえ侍らず。ただし、をのれは、㉑故太政《こだじょう》のおとど貞信公、㉒蔵人《くろうど》の少将《しょうしょう》
と申ししおりの㉓こどねりわらはは、㉔おほいぬまろぞかし。主は、その御時の母
后の宮の御方のめしつかひ、㉖高名《こうみょう》の大宅世次《おおやよつぎ》とぞ言《い》ひ侍《はべ》りしかな。されば、
㉖主《ぬし》のみ年は、㉗をのれにはこよなくまさりたまへらんかし。㉙みづからが小童が
にてありしとき、ぬしは廿五六ばかりの㉚をのこにてこそはいませしか」と
いふめれば、世次「しかしか、㉛さはべりし事《こと》なり。さても、ぬしの㉝みなは
いかにぞや」といふめれば、（繁樹）「㉝太政大臣殿《だじょうだいじんどの》にて元服つかまつりし時、
『㉜きむぢが姓《せい》は何《なに》ぞ。』と㉝仰《おお》せられしかば、「夏山となむ申す。」と申ししを、
㉞やがて重木《しげき》となんつけさせたまへりし」などいふに、㉟いとあさましうなりぬ。

1．語句の解説

①「先（saki）の破裂音（k）の脱落によるイ音便。《以前》の意味。「つ」は連体格の助詞（ノ）で、「二つ日・五つ日・まつ毛・沖つ白波」の（つ）の用法と同じ。②京都市北にあった寺院。もと淳和天皇の離宮で紫野院と言い、のちに雲林院と改称。仁明天皇の皇子の常康親王に与えられ、出家後、僧正遍昭に賜り、元慶八年（884）に、元慶寺の別院となった。古典の資料にも採り挙げられている名刹である。③極楽往生を求めて「法華経《ほけきょう》」を講説する法会。「法華経」は万寿二年（1025）三月二十五日に崩御された三条天皇の皇后娍子《せいし》の七七日忌のために行われた講と言われている。④ダ行下二段動詞「詣づ」の連用形「もうで」＋接続助詞（て）＋「侍り」は丁寧のラ変動詞。「しか」は過去の助動詞「き」の已然形＋接続助詞「ば」＝《参詣してその場にいましたところ》。⑥《この上なく・普通の老人よりも一段と齢のふけている老人》。⑦形容動詞（ナリ活）「うたてげなり」の連体形「うたてげなる」＝《異様ナ・変ナ様子ヲシタ、見苦シイ・嘆カワシイ・嫌ナ）のうちこの場合は前半部の意味。⑧「媼」は老女。「行き合ひ」は《偶然ニモ・思イガケズ・バッタリト」出会ッタ》。様子を言う。⑨ワ行上一段動詞「居る」の連用形「ゐ」＋助動詞（完了）「ぬ」の終止形＋助動詞（推量）「めり」の終止形（この場合の「めり」は、本来視覚的表現で、「見え＋あり＝めり」が約まって出来た言葉であるが、内容的には断定表現で「である＝なり」を使うところであるが、

この場合は昔話であるから、聴き手（読み手）にやさしく話の中に引き込もうと狙った話し手の気持ちで「めり」を使っている。　⑩形容動詞（ナリ活）「あはれなり」の連用形中止法「あはれに」＝《しみじみと》。　⑪名詞「さま」＋間投助詞「かな」＋格助詞（提示）「と」＋マ行上一段動詞「見る」の連用形「見」＋ラ変動詞（丁寧の補助動詞）「侍り」の連用形「侍り」＋助動詞（過去）「き」の連用形「し」＋接続助詞（順態）「に」＝《様子をした年寄りたちの姿だなあと見ていますと、》。　⑫サ行四段の複合動詞「見かわす」の連用形「みかわし」＋助詞（接続）「て」＋ハ行四段動詞「言ふ」の連体形「言ふ」＋名詞「やう」＝《顔を見合わせながら言いますには、》。　⑬サ行下二段の複合動詞「聞こえ合はす」の未然形「聞こえ合はせ＋助動詞（推量）「む」の終止形＝《オ話ヲシアイタイト思ウ」。　⑭名詞「入道殿下」は藤原道長の事であるが、すでに出家していたので「入道」と言っている。⑮サ行下二段の複合動詞「申し合はす」の未然形「申し合はせ」＋終助詞（願望）「ばや」＋格助詞（提示）「と」＋ハ行四段動詞「思ふ」の連体形＋接続助詞（逆接中止）「に」＝《オ話合イ申し上ゲタイト思イマシタガ、》。⑯名詞「いま」＋係助詞（強調）「ぞ」＋複合形容詞「心やすし」の連用形で下の「まかる」に係る＋名詞「黄泉路」＋格助詞（場所）「に」＋係助詞「も」（強調）＋ラ行四段動詞「まかる」の終止形＋助動詞「べし」の連体形で、上の「ぞ」の結び（推量の可能の用法）＝《今コソ、気軽ニ冥途ニモユクコトガ出来ルデショウ》。⑰複合副詞「げにぞ」は、「現に・実に」などの文字が当てられ古代では、実際に見えるように表現した接尾語「げ」

に間投助詞の「や」や係助詞の「ぞ」がついて副詞化した言葉。「心地し・ける」は複合サ変動詞「ここちす」の連用形「心地し」＋助動詞「けり」の直接話法の中の言葉であるから単に（過去）の用法だけではなく詠嘆的に、話し手の感情がイントネーションに残されている。なお連体終止法は上の「げにぞ」に、係助詞が使用されているから当然その結びになっている。⑱「かかれば」は、これまでにもたびたび出ていて解説したことを思い出してほしい言葉である。「かくあれば kakuareba」の二重母音の前母音の脱落による音韻変化である。したがって意味はその前の用語に従って解釈する。《コウイウコトデアルカラ》「カラ」は、前の動詞の活用語尾が已然形から、接続した条件接続助詞「ば」の解釈法に因っている。つまり確定条件法で解釈すべきであり（…ダカラ・…ナノデ）になる。また、その後の係助詞の「こそ」は、その後の「言ひ入れ侍りけめと」の「けめ」に係っていることにも気を付けてほしい。⑲ハ行四段動詞「言ふ」の連用形「言ひ」＋ラ行下二段動詞「入る」の連用形「入れ」＋丁寧のラ変の補助動詞「侍り」の連用形＋過去の助動詞（推量）「けむ」の已然形「けめ」（この場合の「けめ」は前の「かればこそ」の係助詞「こそ」の結びである＋格助詞（提示）「と」＝《腹ノ中ニ思ッテイルコトヲオモイキリ大声デ言イ吐キコンデイタノデショウト》。⑳形容詞「うれし」の連用形「うれしく」＋複合サ変動詞「対面す」の連用形「対面し」＋助動詞（完了）「たり」の連体形「たる」＋終助詞「かな」＝《嬉シイコトニハココデオ会イシマシタネエ》。㉑藤原忠平のもとで、忠平の死後に生前の業績に因んでのおくり名が「貞信公」である。㉒忠平は少将であったが蔵人も兼ねていた。㉓この前に登場する中将・少将が召し使う少年の呼び名。㉔子童の重樹の童名。㉕「大宅」は人名ではなくて、この場合は、「公《おおやけ》＝「朝廷」のこと」この物語を語る老人の名前。＋格助詞（提示）「と」＋係助詞「ぞ」＋ハ行四段動詞「言ふ」の連用形「言ひ」＋丁寧の補助動詞ラ変「侍り」の連用形＋過去の助動詞「き」の連体形「し」＋係助詞（疑問）の「か」＋押念の終助詞＋詠嘆の終助詞「な」＝《朝廷ノ仕事ヲシテイル世継ト言ウオ方デシタデショウカナア》。㉖名詞「ぬし」＝二人称の代名詞的用法＝（あなた）＋格助詞（同格）「の」＋名詞「み年」＋係助詞「は」＝《アナタノ御年ハ》。㉗名詞「をのれ」＋格助詞（対象）「に」＋係助詞「は」＋形容詞（ク活）「こよなし」の連用形副詞法「こよなく」＝《私ニ比ベテ格段ニ・私ヨリズウット》。㉘ラ行四段動詞「勝る」の連用形「勝り」＋補助動詞「給ふ」の終止形＋推量助動詞「らむ」＋終助詞（押念）の「かし」＝《勝ッテラッシャルデショウネエ・年配デイラッシャルデショウヨ》。㉙ハ行下二段動詞（尊敬）「給ふ」の未然形「たまへ」＋助動詞（推量）「らむ」の終止形＋終助詞（押念）「かし」＝《…イラッシャッタカモ知レマセンネ》。㉚名詞「男」＋格助詞（状態）「にて」＋係助詞「こそ」＋係助詞「は」（係助詞の連語による強調）＋語意を強調する接頭語の「い」＋尊敬のサ変動詞「まず」の未然形「ませ」＋…過去の助動詞「き」の已然形「しか」（前の「こそ」の結び）。＝《ソレコソ男盛リデイラッシャイマシタ》。㉙副詞「さ」＋ラ変動詞「侍り」の連用形＋過去の助動詞「き」の連体形「し」＋名詞「こと」＋断定助動詞「なり」

の終止形。＝《ソウイウ事デアリマシタ》。㉚「いかに」は副詞＋係助詞（上の副詞を受けて疑問の用法）「や」＝《ナントイウノカ》。㉛太政大臣忠平公の邸宅　㉜「きむぢ」は、「君貴《きみむち》」の転音語で、初めは敬語として使われていたが江戸前期頃から敬意がなくなり、平常の二人称として使われるようになった。㉝サ行下二段動詞「仰す」の未然形「仰せ」＋助動詞（尊敬）の「らる」の連用形「られ」＋助動詞（過去）「き」の已然形「しか」＋接続助詞（条件）「ば」＝《トオウセラレタノデ》。㉞「やがて」は中世以前では、（すぐさま・直ちに・引き続いて）と時間的に間のない状態を表す副詞として使われたが、江戸以降は時間的にやや間のある状態を表現する場合に用いられるようになった。本来は二様の動作や状態が同時並行しながら変化する様子を言い表す言葉であった。つまり古代では「すぐに・即座に、そのまま・ひき続いて、まったく・さながら」の意味で用いられていたが、時代が下ると「そのうちに・しばらくして・やがて」と遣いようが変化した副詞である。「重木」と底本には記述されているが、㉟五月に生まれてということから縁語として流布本のように「重樹」のほうが面白い。㊱形容詞（シク活）「あさまし」は古典では多用される基本語である。思いもしなかった他愛もない冗談と受け取った時に、軽蔑した思いを「浅む」という動詞を使っていた古代用語が語源で、当時善悪の判断や道理の正否にかかわらず、その程度がはなはだしく、誰しもはっきりわかるような状況について驚きあきれる様子を、いい意味でもよくない意味でも言い表わす場合の用語として使われた。㋐驚くばかりだ・意外だ・あきれるほどだ。㋑以外で興ざめだ・不愉快だ・嘆かわしい・情けない・見苦しい。㋒貧しい・卑しい。㋓ずいぶん・甚だしく・ひどく。など現代語に改める時には文脈の中で判断する必要のある語である。

2. 現代語訳

以前ニ私ガ雲林院ノ菩提講ニ参詣シソコニシバラクイマシタトコロ、普通ノ老人ニクラベテ格別年ヲトリ、異様ナ感ジノスル老人ガ二人、老女一人ト三人ガ偶然ニ出会イ、同ジ場所ニ座リ合ワセタヨウデアル。シミジミト、ヨクモマア同ジ様子ヲシタ老人タチノ姿ダナアトミテイマスト、コノ老人タチハ、タガイニ笑ッテ顔ヲ見合ワセテ言ウニハ

世継「年来、昔ノ知リ合イニオ目ニカカリ、ドウカ今マデ見タリ聞イタリシタコトヲオ話シシ合イマショウ。コノ現在ノ入道殿下ノゴ様子ナドモオ話シシタイト思イマスガ、マコトニマアウレシクモオ会デキイタコトデスネエ。今コソ安心シテ冥途へ行ケマスヨ。思ッテイルコトヲロニ出シテ言ワナイノハ実ニ腹ノ張ル心地ガシマスヨ。デスカラコソ昔ノ人ハ、物ヲ言イタクナレバ、穴ヲ掘ッテハ、ソノ中ニ思ウコトヲ言ッテ埋メ、気ヲ晴ラシタノデアロウト思ウノデス。カエスガエスモウレシイコトデスネエ。ソレニシテモアナタハオイクツニナラレマシタカ」

ト言ウト、モウ一人ノ老人ガ、

繁樹「イクツト言ウコトハ覚エテハオリマセン。シカシ、私ハ、スデニ故人ノ太政大臣デアッタ藤原忠平公ガ、蔵人少将デアッタ頃ノ、小舎人童ノ大犬丸ダヨ。アナタハ、ソノ宇多天皇

ノ御代ノ皇太后宮ノ御方ノ召使デ、名高イ大宅世継トイウオ方デスナ。ソレナラバ、アナタノ御年ハ、私ヨリズウット上デイラッシャルカモシレマセン。私ガマダホンノ子供デアッタトキ、アナタハモウ二十五・六歳ホドノ男盛リデイラッシャイマシタ」

トイウヨウナノデ、世継ハ、

世継「ソウソウ、ソウイウコトデシタネエソレニシテモアナタノオ名前ハ何ト言ワレマシタカ」

ト言ウヨウダガ、

繁樹「私ガ太政大臣ノ邸デ元服致シタ時ニ、「オ前ノ名ハ何トイウノカ」ト貞信公ガオッシャイマシタノデ、「夏山ト申シマス」ト申シ上ゲタトコロ、即座ニ貞信公ハ、繁樹トイウ名ヲ付ケテ下サイマシタ」

ナドト言ウノデ、アマリニモ昔ノ話ニ、大変驚キ意外ニ感ジタ。

3. 補説と鑑賞

（1）この例文は、『大鏡』の第一章の「概説」でも既述したように、かな書き歴史文学の冒頭文である。以前に比べ今日の教科書には『大鏡』が高校生の学習資料として、格段にその採択率が高くなっている。『大鏡』は、『伊勢物語』と同等に数編ずつ扱っている。とりわけこの序文は、どの教科書でも採択している。王朝時代の歴史の概略を知るには、『大鏡』か『栄花物語』が、やや誇張的で現代での劇画的な部分が少しずつ描かれていて、書籍の乏しかった戦後の学生・青少年の愛読書になっていた。その最初に登場する二人の翁のまさに、人間離れした年齢について、彼らの生きた過去の記憶が互いの会話によって、だれを採り挙げて話すにもやや誇張気味に語り合い、縁語や掛詞など駄洒落を交えた話がまた漫画チックで面白い。

（2）「補説」として、「語句の解説」で書き加えることが無理で、参考にしようとする学習者諸君には読み難くなるであろうと思いここで加筆するが、傍線⑯の「心やすく黄泉路もまかるべき」の「黄泉路《よみじ》」は《「夜見路」から生まれた言葉で、真っ暗な夜の道・暗闇の世界・地獄》のことである。また、「思しきこと言はぬは、……穴を掘りては言ひ入れ侍りけめ」などの一文は、昔からの言葉として言い伝えられていたことが分かるが、現在では日常的にはその前半の言い方で一つの諺として使われているが、本来はその後に一つの作業が加わっていたのである。また、「語句の解説」の㉚の補足であるが、この傍線部の後半部について、科学的に説明を加えると、「い」は上代では威厳を感じた神や人物に対する「尊敬」の接頭語として使っていた語であり、尊敬のサ行四段動詞「坐す＝ます」に続けて一層敬意を強調する気持ちを表していた用法が、この王朝時代（平安時代）になって、「います」で一語の複合語のサ変動詞として使われるようになった。しかしこの時期には女流作家の作品が多く、「います」よりも「おはす」が多く使われるようになった。上代語の「い」の用法が残っているような複合ラ変動詞として「いますがり・いまそがり」

が王朝時代にも使われていた。

（３）面白いのは、かつて小舎人の童であった大犬丸が、元服した時に、その館の主人貞信公（藤原忠平）に名を聞かれ、陰暦五月生まれという大犬丸は、「夏山となむ申す」と言うと、すかさず「繁樹となむ付けさせ給へり」と、五月の夏山は樹々がよく繁茂するという洒落をもって、大犬丸の元服名としたのは面白い縁語による、下の名前の命名である。

（４）『大鏡』には、序文に加えて、十四代天皇の「本紀」と、藤原氏摂政関白二十人の「列伝」に加えて、鎌足以下十三人の「藤原氏物語」と昔物語の「雑々《くさぐさ》物語」の五部に分けている。本紀は、文徳天皇から後一条天皇までを、二人の老人が世の中の真実や現象を深く広く自信に満ちて語り合っている。また、列伝では、藤原氏十三人の栄華を物語として描き、最後の「雑々物語」では、道長の才能を最高最大とみて、これほどの人物は「何により開けた」のかを明らかにすることによって、「昔物語」として、当時王朝時代の貴族社会に関心のある読み物として、語るように記述して読み手に広く伝承しようとしている。

二、六十五代『花山天皇の出家』

①永観《えいくわん》二年八月二十八日、位につかせ給ふ、御年十七。寛和《くわんな》二年丙戌《ひのえいぬ》六月

二十二日の夜、②あさましくさぶらひしことは、人にも知③《し》らせたまはで、④みそかに花山寺におはしまして、御出家入道⑤せさせ給へりしこそ、御年十九。世を保たせ給ふこと二年。その後二十二年⑥おはしましき。

⑦あはれなることは、⑧おりおはしましける夜は、⑨藤壺《ふじつぼ》の上の御局の⑩小戸《こど》より出でさせ給ひけるに、有明の月のいみじく明かりければ、「⑪顕証《けんしょう》にこそありけれ。⑫いかがすべからむ」と仰せられけるを、「さりとて、⑬とまらせたまふべきやう侍らず。⑭神璽《しんじ》・宝剣⑮わたりたまひぬるには」と、⑯粟田《あわた》殿のさわが⑰しまうし給ひけるは、まだ帝出⑱《い》でさせおはしまさざりけるさきに、⑲手《て》づからとりて、⑳春宮《とうぐう》の御方にわたしたてまつり給ひてければ、かへり入らせたまはむことはある㉑まじく思して、㉒しか申させ給ひけるとぞ。

さやけき影を、まばゆく思し召しつるほどに、月の顔にむら雲のかかりて、㉓すこしくらがりゆきければ、「わが出家《すけ》は成就《じやうじゆ》するなりけり」と仰せられて、歩み出でさせ給ふほどに、㉔弘徽殿《こきでん》の女御《にょうご》の御文の、日ごろ破《や》り残《のこ》した御文を放たず御覧じけるを思召し出でて、「しばし」とて、取りに入りおはしましけるほどぞかし、栗田殿の、「㉕いかにかくは思し召しなら㉖せおはしましぬるぞ。ただ今過ぎは、おのづから㉗障《さわ》りも出《い》でもうできなむ」と、そら泣きしたまひけるは。

……ここまで前半・以下後半……

さて、㉘土御門《つちみかど》より東《ひがし》ざまに㉙率《ゐ》て出《い》だし参《まい》らせ給《たま》ふに、㉚晴明《せいめい》が家《いえ》の前を渡らせ給へば、自らの声にて、手をおびただしく、はたはたと打ちて、「帝王《ていおう》㉛おりさせ給《たま》ふと見ゆるは㉜天変《てんぺん》ありつるが、㉝すでになりにけると見《み》ゆるかな。参りて奏せむ。車に㉞装束《そうぞく》とうせよ。」と言ふ声、㉟聞《き》かせ給ひけむ、㊱さりとも㊲あはれには思《おぼ》し召《め》しけむかし。「且《かつ》、式神一人《しきじんひとり》内裏に参れ」と申しければ、目には見えぬものの、戸をおしあけて、㊳御後《おんうし》ろをや見参《みまい》らせけむ。「ただいま、㊴これより過《す》ぎさせおはしますめり」といらへけりとかや。その家、土御門町口なれば、御道なりけり。

花山寺におはしまし着きて、御髪おろさせ給ひてのちにぞ、栗田殿は、「㊵まかり出《い》でて、㊶大臣《おとど》にも、変はらぬ姿今一度見え、㊷かくと案内申《あないもう》して、必ず参り侍らむ。」と申し給ひければ、「朕をば㊸謀《はか》るなりけり。」とてこそ泣かせ給ひければ、㊹あはれに悲《かな》しきことなりな。日ごろ、よく、㊺御弟子《みでし》にて候《さぶら》はむと契りて、㊻すかし申《もう》し給《たま》ひけむが恐ろしさよ。

東三条殿は、㊼もしさることやし給《たま》ふと危《あや》ふさに、㊳さるべくおとなしき人々《ひとびと》、㊴なにがしかがしといふいみじき源氏の武者たちをこそ、㊵御送《おく》りに添《そ》へられたりけれ。

1．語句の解説

①この永観二年（984）八月二八日は、「受禅の日」と呼ばれている。②形容詞「あさまし」については一、の「解説」㉟にて説明済。＋ハ行四段動詞「候ふ」の連用形「候ひ」（謙譲語）＋助動詞「き」の連体形「し」＋名詞「こと」＋係助詞「は」＝《何トモ申シヨウモナイコトデシタノハ》。③格助詞（対象）「に」＋係助詞「も」＋ラ行四段動詞「知る」の未然形「知ら」＋助動詞（尊敬）「す」の連用形「せ」＋ハ行四段動詞「給ふ」の未然形「給は」＋打消接続の助詞「で」＝《人ニモオ知ラセニナラナイデ》。④形容動詞（ナリ活）「みそかなり」の連用形の副詞法「みそかに」（下の動詞「おはす」に係る）＝《ヒソヤカニ・内緒デ・コッソリト》＝漢語の「密」に断定の助動詞「なり」が付き、子音（h）音が（m）音に変化してできた言葉。⑤複合サ変動詞「入道す」の未然形「入

道せ」＋助動詞（尊敬）「さす」の連用形「させ」＋ハ行四段動詞「給ふ」の已然形「給へ」＋助動詞（完了）「り」の連用形＋助動詞（過去）「き」の連体形「し」＋係助詞「こそ」＝《入道ナサッテシマワレタトハ》。⑥サ行四段動詞「おはします」の連用形「おはしまし」＋助動詞（過去）「き」の終止形＝《オ元気ニイラッシャイマシタ・ゴ存命デイラッシャイマシタ》。⑦形容動詞（ナリ活）連体形「あはれなる」＋形式名詞「こと」＋係助詞「は」＝《シミジミト心痛ム思イヲイタスコトハ》。⑧ラ行上二段動詞「降る」の連用形「降り」＋補助動詞サ行四段（「あり・行く・来る・する」などの動作の主体者を尊敬する補助動詞）「おはします」の連用形「おはしまし」＋助動詞（過去）「けり」の連体形「ける」＋名詞「夜」＋係助詞（強調）「は」＝《天皇ノ位ヲゴ退位ナサレタソノ夜ハ》。⑨清涼殿《せいりょうでん》の北廂《きたびさし》、萩の戸の西にある部屋。弘徽殿の御局とともに、后・女御が泊まる部屋。⑩清涼殿の夜の御殿《おとど》から藤壺の上のお局に通じている妻戸。⑪《(有明の月あかりがあまりに明るいので）夕べ泊ッタコトガハッキリト知ラレテシマウ》。⑫疑問の副詞「いかが」＋サ変動詞終止形「す」＋助動詞（推量）「べし」の未然形「べから」＋助動詞（推量）「む」の連体形＝推量の助動詞「む」の上に疑問語がある時には「む」は係り結びと同様連体形終止となり、かつ推量だけでなく疑問の意味を表す＝《イッタイドウシタライイダロウカ》。⑬「せ」＋「たまふ」の二重尊敬表現から見れば「とまら（る）」主体者は皇位のある天皇である。「べきやう侍らず」の推量の助動詞「べし」の連体形は可能の用法であるが、最後のきつい否定語の「ず」

により不可能の助動詞である＝《決シテオ泊リナサルコトハデキマセン＝宿泊禁止デス》。　⑭三種の神器のそれぞれは天皇が継承する三つの宝物＝一、八咫鏡《やたのかがみ》・二、天の群雲の剣・三、八尺瓊勾玉《やさかにのまがたま》。⑮「渡り」は（亘って・渡して・譲渡して・継承を終わって）などの意味。＋尊敬の補助動詞「給ひ」＋完了の助動詞「ぬ」の連体形「ぬる」＋格助詞（原因）「に」＋係助詞（強調）「は」＝《スデニ皇太子ノオ方ニオ渡シガ済ンデシマッテイマスカラドウシヨウモアリマセン》。⑯「道兼伝」によると兼家の息子。藤原道兼には、山城の国愛宕郡粟田（京都市左京区）に山荘があったので粟田殿と言う。

⑰《用事ガ多クテ取リ込ンデイルヨウニ申シ上ゲナサイマシタノハ》。⑱ダ行下二段「出づ」の未然形「出で」＋助動詞（尊敬）「さす」の連用形「させ」＋サ行四段尊敬動詞「おはします」の未然形「おはしまさ」＋助動詞（打消）「ず」の《ザリ系列の連用形）「ざり」＋助動詞（過去）「けり」の連体形「ける」＝《マダ天皇ガオ出マシニナラレナイ》。　⑲情態副詞「手づから」＝（自分自身で・自分勝手に）↓周りの状況を何ら考慮もせずに自分の意志のままに行動そる状況を表現する語で古語にはよく使われる。　⑳皇太子の懐仁《やすひと》親王で後の一条天皇。㉑『あるまじく』は、打消推量の助動詞「まじ」の前にラ変動詞「あり」の連体形が付いた複合語である。しかし解釈する時には極めて協調的な表現になる用法である。＝《決シテアルハズガナイ・極メテ不都合ダ・モウ生キテハイラレナイ》。　㉒情態副詞「しか」.「ける」は助動詞過去「けり」の（伝聞推定）連体形の用法である。最後の助詞の二語でそれは決定づけられている。＝《コ

ノヨウニ申シ上ゲナサッタト言ウコトデスヨ》。　㉓「暗がり」は名詞で（暗い場所・暗闇・人目に付かない所・人目の避けやすい場所）などの意味をもつ。「ゆきければ」は、《自然ニソノヨウニナッテキタノデ》。＝「けれ」は助動詞（過去）「けり」の已然形＋助詞「ば」（確定条件接続）「だから・ので」。　㉔弘徽殿（内裏に第一の殿舎）に生活した女御。藤原為光の娘忯子《しやし》で後花山天皇の愛妃となる。寛和元年七月十八日懐妊病没。　㉕疑問の副詞「いかに」＋指摘の副詞「斯く」＋係助詞「は」＝《ドウシテコノヨウニ》。　㉖ラ行四段「なる」の未然形「なら」＋助動詞（尊敬）「す」の連用形「せ」＋「おはします」（前の⑱に詳細説明済）＋助動詞（完了）「ぬ」の連体形「ぬる」＋係助詞「ぞ」の終助詞的用法。＝《ドウシテコノヨウニ未練ガマシクオ考エニナラレルノデショウカ》。　㉗名詞「障り」＝《支障・差し障り・困ったこと》、＋ダ行下二段動詞「出づ」の連用形「出で」＋複合カ変動詞［「参出づ」のウ音便語＝「参うづ」＋カ変動詞「来《き》」＝「まうで来」＋助動詞（完了）「ぬ」の未然形＋助動詞（推量）「む」の終止形＝《今ニキット差シ障リモ出テクルニ違イナイコトデスヨ》。　㉘道兼公が土御門通りを東の方へ。　㉙ワ行上一段動詞「率る」の連用形「率《ゐ》」＋接続助詞の「て」＋サ行四段動詞「出だす」の連用形「出だし」＋謙譲の補助動詞サ行下二段「参らす」の連用形「参らせ」＋尊敬の補助動詞ハ行四段「給ふ」の連体形＋格助詞（時格）「に」＝《天皇ヲオ連レダシ申シ上ゲル時ニ》。　㉚陰陽師で天文博士の安倍晴明のこと。　㉛ラ行上二段動「降る」の未然形「降り」＋尊敬の助動詞「さす」の連用形「させ」＋ハ行四段動詞「給ふ」

の終止形＋格助詞（提示）「と」＋ヤ行下二段動詞「見ゆ」の連体形「見ゆる」＋係助詞「は」＝《天皇ガゴ退位ナサルト思ハレルノハ》。㉜「天変」は、天空における変動の事で、大風・大雨・竜巻・日蝕・月蝕など普段起こらない天空の変動。「ありつるが」は完了形であるから《天変ハ終ワッタガ》。㉝「なりにけり」は、（に―けり）が過去完了型であるから《コトハ成立シテシマッタ》と言うことで、この場合の「こと」は、「天皇の地位を退くこと」である。㉞「装束」は準備をすることで、ここでは車に牛を繋いで出かける準備を整えること。㉟カ行四段動詞「聞く」の未然形「聞か」＋尊敬の助動詞「す」の連用形「せ」＋ハ行四段動詞「給ふ」の連用形「給ひ」［「せ―たまふ」で二重の尊敬体であるから、その主語はこれまでにも説明済みである］＋過去の推量の助動詞「けむ」の終止形＝《天皇ハオ聞キニナラレタデアロウ》。㊱接続助詞（逆接）「さりとも」＝《ソウデアッテモ・ソウハイッテモ、イクラナンデモ・ソレニシテモ》＝ラ変複合動詞「さり」の終止形＋接続助詞「とも」の付いた複合接続詞。㊲形容動詞（ナリ活）「あはれなり」の連用形「あはれに」＋係助詞「は」＋「思ふ」の尊敬語「思召す」の連用形「思し召し」＋過去の推量の助動詞「けむ」の終止形＋終助詞「かし」＝《天皇ハシミジミト感慨無量ノオ気持チニナラレタコトダロウ》。＝「あはれなり」については、後の補説の（3）で詳述。㊳「をや」は、格助詞「を」＋係助詞（疑問）「や」である。「まゐらせけむ」の「まゐらせ」は、前の「目には見えぬもの」＝「戸を押しあけ」たものの謙譲の補助動詞＋過去の推量の助動詞「けむ」の連体形、前の係助詞「や」の結び＝《天皇ノ後姿ヲ見申シ上ゲタノデアロウカ》。㊴ガ行上二段動詞「過ぐ」の未然形「過ぎ」＋助動詞（尊敬）「さす」の連用形「させ」＋尊敬の補助動詞「おはします」の終止形＋推量の助動詞（視覚的）「めり」の終止形＝《ココヲオ通リニナッテユカレルヨウデス》。㊵ダ行下二段動詞（謙譲語）「まかり出づ」の連用形「まかり出で」＋接続助詞「て」＝《チョット退出イタシマシテ》。＝「まかる」は、「目離る」で、（高貴な人の目の前から去る）が本来の語源であり、「参る」＝《高貴な人の前に出《い》る》との対応語であった。㊶「大臣」はここでは父、太政大臣兼家。㊷副詞「斯くと」（あれやこれや・いろいろと）＋名詞「案内」（事情・内容）＋サ行四段動詞（謙譲）「申す」の連用形「申し」＋接続助詞「て」＝《イロイロナ事情ヲ申シ上ゲテ》。㊸ラ行四段動詞「謀る」の連体形＋助動詞（断定）「なり」の連用形＋助動詞（過去）「けり」の終止形＝《騙シタノデアッタナ》。㊹形容動詞（ナリ活）「あはれなり」の連用形「あはれに」＋形容詞（シク活）「悲し」の連体形「悲しき」＋名詞「こと」＋助動詞（断定）「なり」の終止形＋終助詞「な」＝《シミジミト悲シク感ジルコトデアルヨ》。㊺「にて」は、格助詞（手段・方法）「さぶらは」はハ行四段動詞「さぶらふ」の未然形で、謙譲語＋推量の助動詞「む」の終止形（意志）＝《弟子トシテオ仕エ致シマショウ》。㊻サ行四段動詞「すかす」（おだてる・機嫌をとる、だます・うそをつく、おだてる・なだめる）の連用形「すかし」＋サ行四段動詞「申す」の連用形「申し」＋ハ行四段の補助動詞「給ふ」の連用形「給ひ」＋過去推量の助動詞「けむ」の連体形＝《嘘ヲオッシャッタトイウコトデスガ・オダマシニナラレタ様デスガ》。㊼副詞（疑問）「もし」＝後に「や」を伴う・「ば」を伴う場合は（仮定）の副詞になる＋連体詞「さる」＋名詞「こと」＋係助詞（疑問）「や」＋サ変動詞「す」の連用形「し」＋尊敬の補助動詞「給ふ」の連体形（上の係助詞「や」の結び）＝《モシヤ道兼公ガ出家ヲナサリハシナイカト》。㊽複合ラ変動詞「さる」＋助動詞（推量の適当の用法）「べし」の連用形「べく」＋形容詞（シク活）「おとなし」の連体形「おとなしき」＋名詞「人々」＝《コノヨウナ時ニ大人ラシク思慮分別ノアル人々」。㊾代名詞（人称＝不定称）「なにがし（何某）」＋代名詞（人称＝三人称）「かがし（彼某）」↓「がし」は接尾語＋格助詞（提示）「と」＝《何ノ誰ソレト・ドコノ誰ソレト》。ラ行四段動詞「御送る」の連用形（名詞法）＋格助詞（原因・理由）「に」＋ハ行下二段動詞「添ふ」の未然形「添へ」＋助動詞（尊敬）「らる」の連用形「られ」＋助動詞（完了）「たり」の連用形＋助動詞（過去）「けり」の已然形「けれ」（上の係助詞「こそ」の結び）＝《天皇ノオ見送リノタメニ護衛トシテ添エラレタトイウコトデシタ》。

2. 現代語訳

寛永二年(984)八月二十八日、即位ナサレタ。御年十七歳。寛和二年(986)六月二十三日ノ夜、アマリニ突然ゼンノコト申シヨウモナイコトデス、人々ニモオ知ラセニナラレ内密ニ花山寺ヲオ出デマシニナリ、御出家入道ナサッテシマワレタコト、当時御年十九歳。治世ヲ執ラレタ時期ハワズカ二年。出家後二十二年間御存命デシタ。

シミジミト心痛ム思イヲスルコトハ、退位ナサッタソノ夜ノ事デスガ、天皇ガ藤壺ノ上ノ御局ノ小戸カラオ出マシニナラレタ時ニ、有明ノ月ガタイソウ明ルク輝イテイマシタノデ、「アマリニモ明ルクテコレカラ自分ガ出家スル気持チマデ見透カサレルヨウデ、ドウシタライイモノダロウカ」トオッシャラレルノデ、「ソウオッシャテモ今更中止ナサルトイウコトモデキマセン。神璽モ宝剣モスデニ、皇太子ノオ方ニ譲与シテシマッテオリマスカラ」ト、粟田殿ノ道兼公ガ先ヲ急ガセナサッタノハ、マダ天皇ガオ出マシニナラナイ前ニ、道兼公ガ自ラ神璽ト宝剣ヲ皇太子ニオ渡シシテイタノデ、モシ天皇ガ宮中ニオ帰リニナルヨウナコトハ決シテアッテハナラナイコトト思ワレテ、コノヨウニ申シ上ゲタトイウコトデス。

天皇ガコノ有明ノ月ノ輝キガ明ルクテ気ガ引ケルト思ッテオラレルウチニ月ノ面ニ村雲ガカカリ少シバカリ暗クナリ始メマシタノデ、「ワガ出家ヲ必ズ成シ遂ルコトダ」ト仰セラレ、歩キダサレマス。ソノ時ニナッテ、前年亡ナラレタ弘徽殿ノ女御ノオ手紙ヲ、日ゴロ破り捨テズ身ニ着ケ、御覧ニナッテイルノヲ思イ出シ、「シバラク待テ」ト言ッテソレヲ取リニオ入リニナリマシタガ、ソノ時粟田殿ハ、「ドウシテコノヨウナダイジナトキニ、亡キ人ヲ思イ出シテオラレルノデショウカ。タダ今ノコノ機会カ過ギタナラバ、オノズト支障モ出テマイリマショウヨ」ト言ッテ、粟田殿ハウソ泣キヲナサッタト言イウコトダヨ。

……ここまで前半……

コノヨウニシテ道兼公ガ土御門通リヲ東ノ方ヘオ連レ出シ致シタ時ニ、安倍晴明ノ家ノ前ヲオ通リナサレマシタガ、晴明自身ノ声ガシテ、手ヲ激シクバチバチト打チ、「天皇ガゴ退位ナサレルヨウダゾ。ゴ退位ノ天変ガ現レタガ、モハヤ退位ハ終ワッテシマッタ。参内シテ報告シヨウ。車ニ牛ヲ着ケテ準備ヲセヨ」ト言ウ声ヲオ聞キニナラレタ。ソノ時ノ天皇ノオ気持チハ、心ニ決メテハオラレタトハイッテモヤハリシミジミトシタ寂シサヲ感ジナサッタコトデアロウ。晴明ガ、「トニカクスグニ鬼神ヲ操ルコトノデキル陰陽師ヲ一人早ク宮中ニ参上セヨ」ト言ッテイルト、目ニハ見エナイモノガ、戸ヲオシアケテ、天皇ノ後姿ヲ拝見シタノデショウガ、「タダ今コノ前ノ通リヲ通リ過ギテユカレタヨウデス」ト答エタヨウデス。ソノ晴明ノ家ハ、土御門町ロニアルカラ、天皇ガ通ラレル道デアッタノデアル。

天皇ガ花山寺ニオ付キキニナッテ、ゴ剃髪ナサッテ後、「チョット退出シテ、道兼ニモ変ラヌ姿ヲモウ一度見セ、アレコレト出家ノ事情ヲオ話シシタウエデ、必ズ参リマショウ」ト申シ上ゲタノデ、天皇ハ「私ヲダマシタノダナ」ト言ッテオ泣キアソバサレタトイウコトダ。ナントモオ気ノ毒デ悲シイコトデスヨ。日ゴロ道兼公ハヨクオ弟子ニナッテ一生オ仕エ致シマショウト約束シテオキナガラアレハウソヲ言ッタト言ウコトダソウダガ、何トモ恐ロシイコトデスヨ。モシ道兼公ガ出家シナイカト気ニナルアマリ、コノヨウナ時ニ護衛ニフサワシイ思慮分別ノアル人々ヲ、ドコノ誰ソレトイウ有名ナ源氏ノ武者タチヲ、天皇ノオ見送リノ護衛トシテ添エラレタトイウコトダ。

3. 補説と鑑賞

（1）この頃の天皇家とともに天下の政権を執ろうとして、藤原氏は他氏の排斥を（安和の変）で一応片づけたが、藤原一族内における権力抗争が激しくなっていた。

九七七年に兄の兼通が重体になって、病床についていたのを、弟の兼家は、兄は死んだことと思い、自分が関白に任ぜられようとして参内した。それを知った兼通は大いに怒り、病を押して参内し、臨時の除目を行って従兄弟の頼忠を関白とし、弟の大納言兼家の右大将の位を破棄して治部卿に左遷した。このような藤原氏一族での争いが絶え間なく続いていたが、その様子を見て、時の天皇であった円融天皇が、兼家の不平をいやすために、まだ十七歳の皇子に譲位し花山天皇として、その皇太子に兼家の娘詮子（あきこ＝せんし）が生んだ懐仁《やすひと》親王を立てた。しかし花山天皇が十九歳になった時に女御の祇子（よしこ＝しし）が死亡して悲しんでいる最中に、兼家の子の道兼が、花山天皇に出家を進めて花山寺で剃髪させ、懐仁親王を天皇の位に付けることに成功した。その時に内裏を出る場面がこの文である。

（2）懐仁親王が即位すると、兼家が摂政となり兼家一門の全盛時代となった。兼家に次いでその長男の道隆が摂政となった。その後も関白をめぐって争いは続くが、道隆の子の伊周と道隆の弟の道長が相争うこととなる。伊周には中宮定子がおり、道長には天皇の生母詮子がいて、天皇の位にはいずれとも決しかねていた。その後も藤原一族の抗争は激化するばかりで、ついには伊周の弟隆家が花山法皇の行幸に矢を放つという事件を起こし、伊周は太宰権帥に、隆家は出雲権守に左遷されるような事態も起こしている。ここまで長く多くの抗争やその犠牲者を輩出してきたが、この後から道長の摂関政治が始まるのである。

（３）語句の解説㊲の形容動詞「あはれなり」について少し補説するが、日常生活において出会った様々な主観的な感動を表す語であるから、本来は「あはれ」という感動詞であった。「ああ驚いた・まあ美しい・なんと素晴らしい・とても寂しい・何とも悲しい」など個人的に自分の心に深くしみじみとした感じを受けた時の感情用語である。その様な状況に出会った時の用語として「あはれ」という名詞で言い表していた言葉に、自分の気持ちではそう感じるのであるという強い感動を表示する気持ちが加わって、断定の助動詞「なり」を着けて自己の感情を強調する用語に再生し、平安時代には（しみじみとした感動）を表現する形容動詞として使われるようになった。この時代に同じように、人の心に感動を与える用語として、その対象から受ける感じが「あはれなり」と異なり、よくその対象を観察してみると、やはり人の心に感じさせる客観的な感動を「をかし」という形容詞で表現する（おもしろさ）を表す用語が使われるようになった。「をかし」は客観的で理知的に観察してみると、静的感動について言い現わしている感動である。「あはれなり」は主観的で動的であり、深く沈潜する感じが強いという違いをこの二語で使い分けて表現した。それが江戸以降になると「あはれなり」は『あわれ』と言って《しみじみとした悲しみ》を表現し、「をかし」は『おかしい』で《滑稽の感情》を言い表す語とし、固定化して使われるようになった。

三、左大臣　時平『菅原道真の左遷』

①右大臣《うだいじん》は才《さえ》世にすぐれめでたくおはしまし、②御心《おんこころ》おきても、殊のほかにかしこくおはします。③左大臣《さだいじん》は年も若く、才も殊のほかに劣りたまへるにより、右大臣の御《おん》おぼえ殊《こと》のほかにおはしましたるに、左大臣④やすからず思《おぼ》したるほどに、⑤さるべきにやおはしけむ、右大臣の御ために⑥よからぬこと出《い》で来《き》て、昌泰四年正月二十五日、太宰権帥になし奉りて、⑦流《なが》され給《たま》ふ。

この大臣、子どもあまたおはせしに、女君たちは婿をとり、男君たちは、みな⑧ほどほどにつけて位どもおはせしを、それもみな方々に流され給ひて悲しきに、幼くおはせし男君、女君たち、⑨慕《した》ひ泣《な》きておはしければ、「⑩小《ちい》さきはあへなむ。」と、朝廷《おほやけ》も⑪許《ゆる》させ給《たま》ひしぞかし。⑫帝《みかど》の御おきて、きはめて⑬あやにくにおはしませば、この御子どもを、同じ方にはつかはさざりけり。⑭方々《かたがた》にいと悲しく思し召して、御前の梅の花を御覧じて、

⑮東風《こち》吹《ふ》かばにほひ⑯おこせよ梅の花あるじなしとて春をわするな

1．語句の解説

①菅原道真の事。五十五歳で右大臣になった。②特に心をかける・天皇のお気持ちの配り様。「殊のほかに」は形容動詞（ナリ活）の連用形。「かしこく」は、形容詞（ク活）＝［「かしこし」には上代語では「畏し」を用いていたのは、自然のすべてに事物には生命があり霊魂を抱いていると考えていた。その様な対象に出会ったときには恐れをなし、身をすくめるのが基本の意味に潜んでいる言葉である。その後対象が人になった時から、そのような才能や人格の優れた人に対して「かしこき人」と言う頃に至って「賢し」の文字が使われるようになった］。「おはします」は記述済＝《思イノ外ニ才能ヤ知識ガ深クテイラッシャッテ》。③藤原時平の事で、道真が五十五歳で右大臣になった時に二十九歳で左大臣になっている。④形容詞（ク活）「安し」の未然形「安から」＋助動詞（打消）「ず」の連用形＋「思ふ」の敬語「思す」の連用形「思し」＋助動詞（完了）「たり」の連体形「たる」＋接続助詞「程に」（この場合は逆接）＝《心穏ヤカデナクオ思イニナッテイラッシャッタデアロウガ》。⑤ラ変動詞「さり」の連体形「さる」＋助動詞（推量の当然の用法）「べし」の連用形「べき」＋助動詞（断定）「なり」の連用形「に」＋係助詞「や」＝《キットソウナルヨウナ前世カラノ運命デモオアリダッタノデショウカ》。⑥形容詞（ク活）「よし」の未然形「よから」＋助動詞（打消）「ず」の連体形（ナ系統）「ぬ」＋名詞「こと」＋複合カ変動詞「出で来《く》」の連用形「出でき」＋接続助詞「て」＝《ヨク

ナイコトガ起コリ》。　⑦他動詞サ行四段「流す」の未然形「流さ」＋助動詞（尊敬）「る」の連用形「れ」＋助動詞（尊敬）「給ふ」の終止形＝《左遷ナサレタ》。　⑧名詞「ほどほど」＝各自の年齢や才能・性格など総合的かつ客観的に評価すること。＋格助詞（対象）「に」＋カ行下二段動詞「つく」の連用形「つけ」＋接続助詞「て」＝《それぞれ年や才能に応じて》。　⑨ハ行四段動詞「慕ふ」の連用形「慕ひ」＋カ行四段動詞「泣く」の連用形「泣き」＋接続助詞「て」＝《父トノ別レヲ慕ッテ泣イテ》。　⑩形容詞（ク活）「小さし」の連用形名詞法「小さき者」＋係助詞「は」（区別）＋ハ行下二段動詞「敢ふ」の連用形「あへ」＋助動詞（完了）「ぬ」の（確認・強調）の用法未然形「な」＋助動詞（推量）「む」の終止形＝（幼イ子供ハ差シ支エナイデアロウ・小サナ子供ニツイテハ我慢シヨウ》。　⑪サ行四段動詞「許す」の未然形「許さ」＋助動詞（尊敬）の「す」の連用形「せ」＋ハ行四段の補助動詞「給ふ」の典型的な二重尊敬法であるから、その動作の主体者は、天皇・上皇・皇后・皇子などにしか使わなかったので最高敬語法と言われる形である。この場合は「給ひ」＋助動詞（過去）「き」の連体形「し」＋係助詞「ぞ」＋終助詞「かし」［この「ぞーかし」の用法も、王朝時代からよく使われ「語り締め・文末表現の強調」を一層意識的に表現しようとしていることを把握したい］。＝《天皇モオ許シニナラレタノデスヨネエ》。　⑫御おきて＝方針・計画・心に決めたこと、指図・命令・処置、思慮・気持ちの持ち方、様式・形式・決まった形、約束・規則・決まり、などこの時代の意味用法も多い語である。もとはタ行下二段動詞の「掟つ」の連用形「掟て」の名詞法となった語であるが、さらに上代では、形のあるものを安定するように「置く」（カ行四段）の動詞が語源と言う説が一般的である。⑬形容動詞（ナリ活）「あやにくなり」の連用形「あやにくに」＋サ行四段の尊敬の補助動詞「おはします」の已然形「おはしませ」＋接続助詞「ば」＝《厳シイモノデシタカラ》。⑭二行前の「方々」は場所を言った言葉で（あちらこちらそれぞれ違った方向）の意味に使っているが、ここでは、それぞれ子供たちの気心の違いを言い表している。⑮『吹か↓ば』は、条件接続助詞「ば」が、カ行四段動詞「吹く」の未然形から続いているから仮定条件法である＝《春ガ来テモシ東風ガ吹クヨウナ季節ニナッタナラバ》。⑯「おこせよ」はサ行下二段動詞「遣す」の命令形。鎌倉後期から「遣す」と言い、四段動詞化し、現代語の「よこす」になったことば。「主↓なし↓とて」は、道真の庭の梅の木を擬人化して、主人の道真が梅の木に頼んでいる歌である。

2．現代語訳

右大臣菅原道真ハ学問ダケデナク常識ニモ広クテイラッシャイマシタ。他ニ対スル気配リナドモ格別　ニ深クテイラッシャイマシタ。左大臣ノ藤原時平ハ年モ若ク、学オモ道真ニ比ベルト殊ノホカ劣ッテイラッシャッタノデ、右大臣道真ニ対スル天皇ノ取リ扱イ方モ思イノ外ニオアリデ、左大臣ノ時平ニシテミレバ心穏ヤカデナク思ッテオラレタガ、ソウナルベキ前世カラノ定メデモアッタノデショウカ、右大臣道真ノ身ニトッテ良クナイコトガ起コリ、昌泰四年正月二十五日、太宰権ノ帥ニ任命申シ付ケテ、太宰府ニ左遷ナサレタ。

コノ道真公ニハ、子供ガタクサンイラッシャッテ、姫君タチハ結婚サレ、男君タチハ皆、ソレゾレ年齢ヤ才能ニオウジテ、位ニツイテイラッシャッタガ、ソノ方々モミナアチコチニ流サレテ悲シイコトデアッタノニ、幼クテイラッシャッタ男君ヤ姫君タチガ、父君ヲ慕ッテ泣イテオラレタノデ、「小サナ子ハサシ支エナイデアロウ」ト朝廷モオ許シニナラレタノデスヨ。天皇ノゴ処置ガアマリニ厳シイモノデシタノデ、コノオ子サマタチヲ、同ジ方面ニオヤリニナラナカッタ。道真公ハアレコレヒドク悲シクオ思イニナラレテ、オ庭サキノ梅ノ花ヲゴ覧ニナッテ、

ヤガテ春ニナリ、東風ガ吹クコロニナッタラ、ソノ風ニ託シテ、オ前ノ懐カシイイイ香リヲ、コレカラ流サレテユク筑紫マデ送ッテオクレ、梅ノ花ヨ。主人ガイナイカラト言ッテ、花ヲ咲カセナイヨウナコトヲシテ春ヲ忘レルナヨ。

3．補説と鑑賞

（1）菅原道真は、承和十二年（845）～延喜三年（903）、六十歳に至らずして逝去している。「菅家・菅公」とも言われた。祖父清公《きよおと》、父是善《これよし》と続く学問の家に生まれ、幼少より学問の才能を発揮した。特に漢詩・漢文に優れ、詩文集『菅原文草』『菅家後集』をまとめ、『三代実録』『類聚国史』を編纂し、『新鮮万葉集』の撰進にも関係している。

（2）藤原基経が関白の職を辞退すて紛争を起こした「阿衡の紛議」に際して、道真が朝廷に入って解決させたことにより、時の天皇宇多帝より厚い信頼を得た。藤

原時平と歩調を合わせ、遣唐使派遣について効果の少ないことを、醍醐天皇の時に進言し右大臣に任命されたが、学界出身の道真には異例の出世であった。これを妬《ねた》んだ時平は、道真は天皇を排して女婿の斉世親王を立てようとしているという讒言《ざんげん》に成功したことにより、道真は太宰権帥《ごんのそち》に左遷された。この段がその部分である。道真は延喜三年（903）に現地で逝去したが、裏切り者の時平もその六年後病死している。

（３）左遷により失意のうちに逝去した道真の排斥に関わったものたちは、その後清涼殿の落雷や重病により生命を落とすものなど、天変地異や道真の怨霊による祟りだと言う噂となり、関係者は恐れて道真を北野天満宮に祀った。今日でも道真は学問の神様とか、天神様と言って尊崇されている。

なお最後の「東風吹かば…」の和歌は、「拾遺和歌集巻六の春（1006番）の歌」として残されている。

四、太政大臣　頼忠『三船の才』

ひととせ、①入道殿《にゅうどうどの》の、大井川に逍遥させ給ひしに、②作文《さくもん》の船《ふね》・管弦の船・和歌の船と③分《わ》かたせ給《たま》ひて、④そのみちにたへたる人々をのせさせ給ひしに、この大納言殿のまいりたまへるを、入道殿、「かの大納言、⑤いづれの船にか乗らるべき」と⑥のたまはすれば、「和歌の船に⑦乗《の》り侍らむ」とのたまひて、詠み給へるぞかし、

⑧小倉山嵐《おぐらやまあらし》の風《かぜ》の寒ければ⑨もみじの錦《にしき》着ぬ人ぞなき

申し受け給へる⑩かひありてあそばしたりな。御自ら⑪ものたまふなるは、「⑫作《さく》文《もん》のにぞ乗《の》るべかりける。⑬さて、⑭かばかりの⑮詩《し》を作《つく》りたらましかば、⑯名《な》の上《あ》がらむこともまさりなまし。口惜しかりけるわざかな。さても、殿の「⑰いづれにかと思《おも》ふ。」と⑱のたまはせしになむ、我ながら⑲心《こころ》おごりせられし。」とのたまふなる。⑳一事《ひとこと》のすぐるるあるに、かく㉑いづれの道《みち》も抜《ぬ》け出《い》で給《たま》ひけむは、いにしへも侍らむことなり。

1．語句の解説

①藤原道真。道真は寛仁三年（1019）に出家しているので「入道」とも呼んだ。②漢詩を作る人が乗る船。③タ行四段動詞「分かつ」の未然形「分かた」＋助動詞（使役）「す」の連用形「せ」＋補助動詞「たまふ」の連用形「給ひ」＋接続助詞「て」＝《分ケサセナサッ

テ》。　④代名詞（人称＝二人称）「それぞれ」＋格助詞「の」＋名詞「道」＋格助詞「に」＋ハ行下二段動詞「堪ふ」〔「堪ふ」の意味には、《我慢する・こらえる》の他にも《負担できる・その才能が十分ある》と言う意味にも使っている〕の連用形「堪へ」＋助動詞（完了）「たり」の連体形「たる」＋名詞「人々」＝《ソレゾレソノ道ニ優レテイル人々ヲ》。

⑤代名詞（指示）「いづれ」＋格助詞「の」＋名詞「船」＋格助詞（目的）「に」＋係助詞（疑問）「か」＋ラ行四段動詞「乗る」の未然形「乗ら」＋助動詞（尊敬）「る」の終止形＋助動詞（推量）「べし」の連体形「べき」〔連体形で会話文が終わっているのは、上に係助詞の「か」による係結法に因る〕＝《ドノ船ニオ乗リニナルノデアロウカ》。⑥サ行下二段動詞「のたまはす」〔「いふ」の尊敬語＝《おっしゃる・仰せになる・仰せられる》〕の已然形「のたまはすれ」＋接続助詞「ば」（已然形に続いているから、確定条件になる）＝《オッシャイマスノデ》。⑦ラ行四段動詞「乗る」の連用形「乗り」＋ラ変動詞「侍り」（丁寧の補助動詞）の未然形「侍ら」＋推量の助動詞（勧誘）「む」終止形＝《乗リマショウ》。⑧「小倉山」は、京都市西部嵯峨にある山で、大井川の北岸にあり、紅葉の名所。「嵐の風」は、山から吹き下ろす強い風。⑨「もみじの錦」は、小倉山の紅葉の葉が強い風で散り、道行く人たちの衣服に散りかかった状景を錦の衣と表現しているのである。

⑩名詞「かひ（効・甲斐）」＝《効き目・効果・やりがい》の意味。サ行四段動詞「遊ばす」（和歌を詠むの尊敬語）の連用形「あそばし」＋助動詞（完了）「たり」の終止形＋終助詞（詠嘆）「な」＝《コノ小倉山ノ紅葉ノ情景ヲ、見事ニ歌イ上ゲナサッタコトデス

ナア》。　⑪ハ行四段動詞「のたまふ」には、「言ふ」の尊敬語と謙譲的な用法がある。尊敬に使う場合は、その人物を尊敬して「おっしゃる・仰せになる」・謙譲的な用法は、高貴な人の対話の場面で、話し手が身内や目下の人に、高位の人の言葉を伝える場合に使って、高位の人を尊敬している気持を表し「お言葉を申し聞かせる・お言葉を言い聞かせる」と言う現代語に置き換える用法である。その「のたまふ」の終止形＋助動詞（推定）「なり」の連体形「なる」＋係助詞「は」＝《人ニオッシャッタトカイウコトニハ、》。⑫名詞「作文」＋格助詞（準体）「の」＋格助詞（目的）「に」＋係助詞「ぞ」＋ラ行四段終止形「乗る」＋推量の助動詞（適当の用法）「べし」の連用形「べかり」＋助動詞（過去）「けり」の連体形「ける」（上の係助詞「ぞ」との係結法）＝《作詞ノ舟ニ乗レバヨカッタヨ》。

⑬「さて」には、副詞・接続詞・感動詞の三様の使い方がある。まず副詞では、前の部分を受けて《そのような訳で・その様な状態で・そのままで、そのほかに・それ以外の》、次の接続詞として遣われている時には、《それで・そうして・そこで》と前の内容に順接的に並列した遣い方と、《ところで》と話題の転換の用法がある。感動詞は、感動した時に文頭や文末に使われ、《それにしても・なんとまあ》。この場合は接続詞の順接法である。［ここで少しまた科学して説明を付け加えると、「さて」の「さ」は副詞の「さ」であり、「て」は接続助詞の「て」である。この場合では上の文を受けて以下の文に強く続けようという気持ちが感じられる場面である］。　⑭副詞「かばかり」＋格助詞「の」＝《コノ程度ノ・コレクライノ》。［指示代名詞の「か」に副助詞（程度・範囲）の「ばかり」

が複合してできた言葉である」。　⑮名詞「詩」＋格助詞「を」＋ラ行四段動詞「つくる」の連用形「作り」＋助動詞（完了）「たり」の未然形「たら」＋助動詞（推量）「まし」の未然形「ましか」［「まし」の未然形は（反実仮想）で後に必ずまた「まし」を伴って「ましかば…まし」の定型があり（事実に反したことを仮に想像して、その結果を予想する）］＋接続助詞「ば」＝《漢詩ヲ作ッテイタトシタナラバ》。　⑯名詞「な」＋格助詞（主格）「の」＋ラ行四段動詞「上がる」の未然形「あがら」＋助動詞（推量の仮想の用法）「む」の連体形＋名詞（形式）「こと」＋係助詞「も」＋　ラ行四段動詞「勝る」の連用形「まさり」＋助動詞（完了）「ぬ」の未然形「な」＋助動詞（推量）「まし」の終止形＝《名声ガ一層上ガッタコトデアロウノニ》。　⑰代名詞（指示）「いづれ」《どれ・どこ・どちら・いつ》＋格助詞（場所）「に」係助詞（疑問）「か」＋格助詞（提示）「と」＋ハ行四段「思ふ」の連体形（上の「か」との係結法）＝《ドノ船ニ乗ロウト思ウノカ》。　⑱「のたまふ」は、前の頁⑥・⑪と同じ「言ふ」の敬語の、この場合は未然形で「のたまは」＋助動詞（尊敬）「す」の連用形「せ」＋助動詞（過去）「き」の連用形「し」＋助動詞（完了）「ぬ」の連用形「に」＋係助詞（強い指定）「なむ」＝《オッシャッタノニハ》。　⑲複合サ変動詞「心おごりす」の未然形「心おごりせ」＋助動詞（尊敬）「らる」の連用形「られ」＋助動詞（過去）「き」の連体形「し」（前の「なむ」の結びで係結法）＝《得意ゲニナラレタ》。
⑳名詞「一事」＋格助詞「の」＋ラ行下二段動詞「優る」の連体形「優るる」＋副助詞（程度の類推）「だに」（程度の軽いものを例に挙げて、もっと重い程度の物を類推させる。＝

……でさえも…なのにましてや…＝とその最後に否定語を伴って使われ、上の語からは連体形に続く副助詞）＋ラ変動詞「あり」の連体形「ある」＋接続助詞（逆接）「に」＝《一事ニ優レテイルトイウコトデサエモ簡単ナコトデハナイノニ》。㉑代名詞「いづれ」（⑤にて解説済み）＋格助詞「の」＋名詞「道」＋係助詞「も」＋ダ行下二段動詞「抜けいづ」の連用形「抜け出で」＋ハ行四段動詞「給ふ」の連用形「給ひ」＋助動詞（過去の推量）「けむ」の連体形＋係助詞「は」＝《ドノミチニモ優レテイラッシャッタトイウコトハ》。

2．現代語訳

アル年、入道殿道長公ガ、大井川デ舟遊ビヲ催サレタトキニ、作詩ノ船・音楽ノ船・和歌ノ船ノ三ツニ分ケラレテ、ソレゾレノ道ニ優レテイル人々ヲオ載セニナラレタガ、コノ時ニ大納言公任卿ガイラッシャッテイタノニ気ヅカレテ、入道殿ガ、「アノ大納言殿ハドノ船ニオ乗リニナルノデスカ」トオ聞キニナルト、公任卿ハ、「和歌ノ船ニ乗リマショウ」トオッシャッテ、ソノ船ニオ乗リニナッテオ詠ミニナッタ歌ガコノ歌デス。

小倉山ト嵐山カラ吹キ下ロス山風ガ強イノデ、紅葉ノ落葉ガ人々ノ着物ニ散リカカッテ誰モミナ、錦ノ衣ヲ着テイルヨウニ見エルコトダヨ。

自分カラ和歌ノ船ニ乗ロウトオッシャッテダケノコトハアッテ、素晴ラシイ歌デスネ。自分カラモオッシャッタヨウデスガ、「作詩ノ船ニ乗レバヨカッタヨ。コノ歌ホドノ漢詩ヲ作ッテイタラ、名声モ一層上ガッタデアロウニ。残念ナコトヲシタヨ。ソレニシテモ、道長公ガ、『ドノ船ニ乗ロウト思ウノカ』トオッシャッタノニハ我ナガラ、得意ニナラズニハイラレナカッタ」ト（ヨクモマア）言ワレタトイウコトデス。一事ニ優レルトイウコトデサエ簡単ナ事デハアリエナイノニ、マシテヤコノヨウニドノ道ニモ優レテイラッシャッタト言ウコトハ、昔デモアリハシナイコトデアリマス。

3．補説と鑑賞

（1）この巻では王朝時代の貴族として必要な一般的教養を、舟遊びの機会を一例として取り上げている。短い巻きなのでここに挙げられた人物は、この舟遊びの主催者藤原道長と、そこに客として登場した藤原公任の二人である。二人ともにこの「大鏡」では主要人物なので、ここで少し詳述する。

道長は、二「花山天皇の出家」の巻にて登場した兼家の五男。母は摂津守であった中正の娘康保三年（966）生。父の兼家は栄達が目覚ましく、摂政になったがその翌年に、道長は二十六歳で権大納言次いで左大将を兼ね、その年に兄の関白であった道隆と道兼が相次いで死去した。永祚二年（990）に逝去しだ父兼家の後を受けて、道長が氏長者となり宣旨を受けている。この頃から嫡子道長に摂関権勢の勢いが流れ始めた。道長はその後左大臣となって地位を確立した。しかし亡くなった兄の道隆と道兼の息子たちが元服を終えて、いよいよ政界に登場する状況を整えていた。道長の長兄道隆の息子伊周は、妹の定子《ていし》を一条天皇の后として、清涼殿に参内させた当時は地位も安泰であったが、長徳二年（996）に、道長の甥にあたる伊周などが花山院に対しての不敬罪を犯し、伊周一派は配流を受ける結果となり、妹の定子も落飾するが、定子には一条天皇の第一皇子敦康親王が誕生したことにより、状況は一転して、今度は道長が天皇の外籍となってしまったのである。所が道長の娘彰子がようやくにして十二歳になった長保二年（1000）に入内させ、定子と彰子の二人皇后とする異例の状態を、道長は強行したのである。学習者諸君はよく知っているように、この二人の皇后に仕えた女官がそれぞれに、随筆文学で有名な『枕草子』の作者である清少納言であり、彰子に仕えた女官は世界の物語文学になった『源氏物語』の紫式部である。

（2）もう一人この道長が主催した舟遊びに参加した主要人物は、大納言藤原公任である。父は藤原頼忠、母は厳子女史でその嫡子。康保三年（966）生まれ。二十七歳で参議、累進して権大納言に至る。当時政務に堪能であった藤原斉信《ただのぶ》と競い、斉信に官位を超えられ、悲観して辞表を出すと、許されてかえって嘱望され、道長配下で大いに政務に貢献し、後にその相手の斉信と、源俊賢・藤原行成の四人は、「一条天皇治下の四納言」と藤原道長に推奨された。中でも公任は、性格は聡明俊敏にして多芸にも通じており、特に詩歌管弦に通じ、故実典礼にも精通した当代第一流の文化人であり、『北山抄』・『和歌九品』・『金玉集』などの著作も多い。和歌の船に乗ったこの話のようにその詠みぶりには権威があり、『拾遺和歌集』を撰進した一人であり、家集『前大納言公任卿集』一巻がある。その家集の一首が「小倉百人一首」の五十五番に採択されている。『滝の音は　絶えて久しく　なりぬれど　名こそ流れて　なほ聞こえけれ』は公任の詠み歌としてはそれほど内容のある歌ではないが、上の句の二句の頭音が破裂音（t）音で始まり、下の句の最後の五音のうちやはり破裂音の（k）音が三音続いている。その間の上の句の三句目と下の句の二句の頭音は、破裂音と対照的にやさしい鼻音の（n）音で始まっている。この(n)音は頭音だけでなくこの後半の他にも（ぬ・な）の2音が使われていて、詠み手が強調したいのは《滝の音は絶えて久しくなったけれどもやはり以前と同じように聞こえているよ》ということであったその間の《この大覚寺の古くから有名な滝は、今は水が枯れて滝の音は聞こえないがそのうちに…》というところでは掛詞と縁語を使った技巧を表しているが、この歌では詠み手と聴き手との音感的な、耳に心地良いリズムが中心の歌として朗詠に優れた音楽性の高い和歌である。公任は万寿三年（1026）出家した後十五年を経て、長久二年（1041）七十六歳にて薨去した。

五、太政大臣　道長『競《くら》べ弓』

①帥殿《そちどの》の、②南の院《みなみいん》にて人々集めて③弓《ゆみ》あそばししに、この殿渡らせ給へれば、

思ひかけずあやしと、⑤中《なか》の関白《かんぱく》おぼし驚きて、いみじう⑥饗応《きやうおう》し申させたまうて、⑦下臈《げらふ》におはしませど、前に立てたてまつりた、まづ⑧射《い》させたてまつらせたまひけるに、帥殿の⑨矢数《やかず》、今二つ劣りたまひぬ。中関白殿、また⑩御前《おまえ》にさぶらふ人々も、「いま二度⑪延《の》べさせたまへ」と申して、延べさせたまひけるを、⑫やすからず思しなりて、「さらば、延べさせたまへ」と仰せられて、⑬また射させたまふとて、仰せらるるやう、「道長が家より帝《みかど》・后《きさき》たちたまふべきものならば、この矢当たれ」と仰せらるるに、はじめの同じやうに、⑭的《まと》の破るばかり、⑮同《おな》じところに射させたまひつ。饗応し、⑯もてはやしきこえさせたまひつる興《きやう》もさめて、⑰こと苦うなりぬ。父大臣《おとど》、帥殿に、⑱「何《なに》か射《い》る。⑲な射《い》そ、な射そ。」と制《せい》したまひて、⑳ことさめにけり。

1. 語句の解説

①藤原伊周《これちか》のこと。　②関白藤原朝臣道隆の二条院の南にあった建物で、道隆はここに生涯住んだ。　③名詞「弓」＋サ行四段「遊ばす」［「遊ば＋上代語のサ行四段型の助動詞（尊敬）が付いた形が上代の用法であったが奈良時代後期ころから「遊ばす」一語と

して使われるようになった言葉」の連用形「あそばし」＋助動詞（過去）「き」の連体形「し」＋格助詞（時格）「に」＝《弓ノ協議ヲナサッタトキニ》。④ラ行四段「渡る」の未然形「渡ら」＋助動詞（尊敬）「す」の連用形「せ」＋尊敬の補助動詞「給ふ」の已然形「たまへ」＋助動詞「完了」「り」の已然形「れ」＋接続助詞「ば」（確定条件）＝《ソノ場ニ御出デニナリマシタノデ》。⑤藤原道隆のこと。⑥「饗応す」は相手に調子を合わせて機嫌をとる。機嫌を取ったのは、伊周で、突然その場のあらわれた関白道長に対してである。したがってその次の句「まうさせたまふ」については二つの考え方がある。一つは、この文の作者より二人ともに身分が上位で、その両者に敬意を表した言い方である。＝サ行四段（謙譲語）「申す」の未然形「もうさ」（謙譲語がその動作の及ぶ相手を尊敬して）＋助動詞（尊敬）「す」の連用形「せ」＋尊敬の補助動詞「たまふ」＝（申し上げなさる）。ともうひとつは、謙譲の補助動詞サ行下二段「もうさす」の連用形「申させ」（この謙譲語を使った人の動作が及ぶ相手を、次の「給ふ」で敬意を表現する）＋補助動詞（尊敬）の「たまふ」の連用形「たまひ」（のウ音便となって）＋接続助詞「て」＝《ゴ機嫌ヲオトリニナッテ》。⑦官位の低いもの。この時は道長の官位が伊周よりも低かった。［続く「おはしませーど」の「おはします」》については既に前の第三段の「語句の解説」⑬にて詳解済。なおその段の冒頭二行までのうちにも同語の用例が二語使われている。「現代語訳」を参照されたい］。⑧上一段動詞「射る」の未然形「射」＋助動詞（尊敬）の「さす」の連用形「させ」＋ラ行四段の補助動詞「奉る」の未然形「奉ら」＋助動詞（尊敬）「す」

の連用形「せ」＋尊敬の補助動詞「給ふ」の連用形「給ひ」＋助動詞（過去）「けり」の連体形「ける」＋接続助詞「に」＝《射サセ申サレタトコロ》。⑨《当タリ矢ノ数》。⑩（中関白の御前）＋格助詞（場所）「に」＋ハ行四段動詞「さぶらふ」＝（仕える・居り・在り）などの謙譲語で、その相手を敬う時の用語＝（お仕えする・おそばに控える・お供そる・参上する・伺候する）＋名詞「人々」＋係助詞（同類の列挙）「も」＝《御前ニオ付キシテイル人々モ》。⑪バ行下二段動詞「延ぶ」の未然形「延べ」＋助動詞（尊敬）「さす」の連用形「させ」＋尊敬のハ行四段「給ふ」の命令形「たまへ」＝《延バシテ下サイ》。⑫形容詞（ク活）「やすし」の未然形「やすから」＋助動詞（打消）「ず」の連用形「ず」＋ラ行四段動詞の尊敬の複合語「思しなる」の連用形「思しなり」＋接続助詞「て」＝《（道長公は）心中穏ヤカデナク》。⑬ヤ行上一段動詞「射る」の未然形「射」＋助動詞（尊敬）「さす」の連用形「させ」＋尊敬の補助動詞「給ふ」の終止形＋格助詞（意図）「とて」＝《弓ヲオ打チナサロウト思ッテ》＝［格助詞の「とて」には（意図＝と思って・引用＝として・理由＝だから）などがある。「とて」は、上古では提示格の助詞「と」と接続助詞の「て」二語の助詞であったが、平安時代頃から二語が複合して「とて」と続いて遣われるようになり格助詞とみられるようになった。しかし文の前後関係からみた時、前の句から次の句に続くときに（もし仮にそうだとしたら）と言う接続助詞の（逆接仮定条件法）で解釈しないと文の意味が通じない場合が特に「源氏物語」などに多く見られる用法がある］。⑭「的の」の「の」は主格の助詞。＝（的が）。割れるほどに。

⑮先の⑬と同じ句で解説は省略。⑯サ行四段「もてはやす」の連用形「もてはやし」《一段と褒め上げる・特別に誉めそやす》＋「きこえさせたまひ」は、ヤ行下二段の補助動詞「聞こえさす」の連用形「聞こえさせ」＋尊敬の補助動詞「給ふ」の連用形「たまひ」＋助動詞（完了）の「つ」に連体形「つる」＝《特別に褒メ上ゲテ申シ上ゲテイラッシャッタ》。⑰「こと苦し」は形容詞（シク活）の連用形「こと苦しく」のウ音便「こと苦しう」＋ラ行四段動詞「なる」の連用形「なり」＋助動詞（完了）「ぬ」の終止形＝《気マズクナッテシマッタ》。⑱代名詞（疑問）「何」＋係助詞「か」疑問語に続いて使われる係助詞の「か・や」は多くの場合、反語の用法になる。その気持ちが後に「な射そ」を繰り返して言っている。＝《ドウシテ射ルノカ！射ル必要ハナイデハナイカ》。⑲「な…そ」は強い禁止を表現する終助詞。⑳マ行下二段動詞「ことさむ」《座が白ける・興ざめする》の連用形「ことさめ」＋助動詞（完了）の「ぬ」の連用形「に」＋助動詞（過去）「けり」の終止形（過去完了型）＝《座ガ白ケテシマッタ》。

2. 現代語訳

帥殿伊周公ガ、父道隆公ノ東三条殿ノ南院デ、人々ヲ集メ弓ノ競射ヲナサッタ時ニ、コノ道隆公ガソノ場ヘオイデニナリマシタノデ、「コレハ思イモカケナイ不思議ナコトダ」ト中関白殿ノ道隆公ハビックリナサッテ、相手ノ道隆公ニ合ワセテゴ機嫌ヲ取ッテイラッシャルガ、ソノ頃ハ道長公ハ伊周公ヨリ下位ノ人デイラッシャッタノニ順番ヲ先ニオ立テニナリ、マズ最初ニ道長公ニ打タセラレタトコロ、帥殿ガ弓ヲ射当テタ数ガモウ二本ダケ道長公ニ劣リナサレタ。中ノ関白殿モオ前ニオ付キシテイル人々モ「モウアト二回延バシテ下サイ」ト申シテ延長ナサッタノデ、道長公ハ内心穏ヤカデナク、「ソレナラバ、延長ナサイ」トオッシャッテ、マタオ打チナサロウトシテオッシャルニハ、「コノ道長ノ家カラ天皇・后ガモシオ立チニナルナラバ、コノ矢当タレ」トオッシャッテ、矢ヲ射タトコロ、ナント当タルト言ッテモ、矢ノ中心ニ当タッタデハアリマセンカ。次ニ帥殿ノ伊周公ガ射ラレタトコロ、タイソウ気後レナサッテ、手モワナナキ震エタタメデショウカ、的ノ近クニモユカズ、全ク見当違イノ方向へ矢ハ飛ンデイッタノデ、父ノ関白殿ハ顔色ガ真ッ青ニナッテシマイマシタ。

ソシテマタ、入道殿ガ射ラレルトイッテ、「将来私ガ摂政・関白ニナルヨウナラバ、コノ矢当タレ」トオッシャッテ、弓ヲ射ラレタトコロ、ハジメト同ジヨウニ、的ガ割レルホドニ真ン中ニ射通シナサッタ。道隆公モ道長公ガ来ラレタノデゴ機嫌ヲシテ道長公ヲモテナシテイタガ、ココマデ道長公ノ腕前ガ素晴ラシイコトヲ見セツケラレルト、サスガニコレマデオ客トシテオ持テ成シシテイタ気持チガ興覚メシ、気マズクナッテシマッタ。父ノ大臣道隆公ハ帥殿ニ「ドウシテ矢ヲ射ルノカ。射ルナ、射ルナ」トオ止メニナラレテ、ソノ場ハ一層興ガ覚メテシマッタ。

3．補説と鑑賞

（1）先の『三船の才』が文芸についての競い合いの話であり公任の詠み歌の素晴らしさをめでた明るい話であったのに比べると、この『競べ弓』の話は武芸についての競い合いであり、その結末はなんともやりきれない興覚めを感じさせて終わっている。当時の弓道は、今日とは異なりスポーツではなく、「競べ弓」は武道であり、弓は武器であった。武器として使われる場合にはその標的は的ではなく人である。この続いた二段の話の素材と内容は、確実にその文芸と武芸＝文化と戦争という対照である。それだけにこの最後で、父の道隆が「どうして打つのか。うつな！うつな！」と声を張り上げて止めている場面は、この話だけの忠告ではなくさらに広く、後世にまで向かって叫んでいる客観性を感じて、この部分はどの教科書にも採択されている。

（2）この巻での話は、主人公の道長の武芸のすごさを称賛しているとともに、道長が弓を打ち放つときの言葉でも感じられるように、彼の先見性の鋭さを表現しているとも思われる。この頃道長はまだ三十歳にもなっていない頃のことである。この「競べ弓」を開いた藤原伊周は、兄の道頼が祖父兼家の養子となったため父道隆の嫡男となり、祖父兼家、父道隆の威勢を得て、十八歳にして参議になり十歳も年長の道長を抜いて内大臣の地位を得るが、本人の人品骨柄が地位に伴わず、この「競べ弓」の翌年に、弟隆家を使って不敬罪を起こし左遷された。その後、前の巻『三船の才』の補説と鑑賞の（1）で記述した様な状況になり、時の権力者である道長の娘彰子に生まれた一条天皇の皇子が誕生したことによる失意のうちに、わずか三十七歳にして死去した。

六、太政大臣　道長　昔話『鶯宿梅』

いとをかしうあ①はれに侍《はべ》りしことは、この②天暦《てんりやく》の御時《おんとき》に、清涼殿の御前の梅の木の枯れたりしかば、③求《もと》めさせ給《たま》ひしに、④なにがしぬしの、蔵人にてい⑤ますかりしとき、承りて、「若き者どもは、⑥え見知《し》らじ。⑦きむぢ求《もと》めよ。」とのたまひしかば、⑧一京《いちきょう》まかりありきしかども、⑨侍《さむ》らざりしに、西の京の⑩そこなる家に、色濃く咲きたる木の、⑪様体《やうだい》うつくしきが侍《はべ》りしを、掘り取りしかば、家のあるじの、「木に、これ結びつけて⑫持《も》てまゐれ。」と⑬言《い》はせ給《たま》ひしかば、⑭「あるやうにこそは。」とて、持て参りて候ひしを、⑮「何《なに》ぞ。」とて御覧じければ、女の手にて書きて侍りける。

⑯勅《ちょく》なればいともかしこし鶯《うぐひす》の宿はと問はばいかが答へむ

とありけるに、⑰あやしくおぼしめして、「何者の家ぞ。」と⑱尋《たづ》ねさせ給《たま》ひければ、貫之のぬしの御娘の住む所なりけり。「⑲遺恨《いこん》のわざをもしたりけるかな。」とて、⑳あまえおはしましける。繫樹㉑今生《こんじやう》の辱号《ぞくごう》は、㉒これや侍りけむ。㉓さるは、

「思ふやうなる木持て参りたり。」とて、㉔衣《きぬ》かづけられたりしも、㉕からくなりにき」とて、㉖こまやかに笑ふ。

1．語句の解説

①形容動詞（ナリ活）「あはれなり」の連用形「あはれに」〔「あはれ」〕古来感動詞として使われていたが、平安時代頃から形容動詞としても遣われ心に響く（しみじみとした）＝感動・愛情・喜び・悲哀同情感などの様子を「あはれなり」で表現するようになった〕＋ラ変動詞「侍り」（丁寧の補助動詞）連用形「侍り」＋助動詞（過去）「き」の連体形「し」＋名詞「こと」＋係助詞「は」（区別）＝《感慨深クゴザイマシタノハ、》。

②村上天皇の時代には、天暦・天徳・応和・康保の年号が使われた。最初の「天暦」は十一年間続けられた。③マ行下二段動詞「求む」の未然形「求め」＋助動詞（使役）「さす」の連用形「させ」＋尊敬の補助動詞「給ふ」の連用形「たまひ」＋助動詞（過去）「き」の連体形「し」＋接続助詞「に」＝《（その枯れた代わりの木を）探サセニナラレタトコル》。④名詞（人称代名詞）「何がし」＋名詞「ぬし」＝《何トカイウ人ガ》。⑤ラ変動詞「いますがり」＝〔「いますがり」の成立は（サ行四段動詞「います」の連体形「います」＋名詞「処《が》」＋ラ変動詞「あり」の終止形が接続して一語となり、二重母音の部分は原則に従って前母音が脱落して出来た複合語である。なお「いましがり」

は初めの「います」に一言だけの敬語法であるから「おはします」のような二重敬語ではないために「いますがり」の主体者は、皇族より身分の低い貴人に使われる「ある・いる」の敬語である。」の連用形「いますがり」＋助動詞（過去）「き」の連体形「し」＋名詞「時」＝《イラッシャッタ時、》。　⑥陳述の副詞「え」（必ず後に否定語を伴って使われる副詞）。＋ラ行四段の複合動詞「見知る」の未然形「見知ら」＋助動詞（意志・推量の否定語）「じ」＝《ドウイウ木ガ良イノカ見分ケガツカナイダロウ》。　⑦代名詞（二人称）「きむぢ」＋マ行下二段「求む」の命令形「求めよ」＝《オ前ガ探シテコイ》。⑧カ行四段複合動詞「まかり歩《あり》く」＝［「まかり」は改まった言い方にする丁寧語「まかる」の連用形で動詞「歩く」と複合している。］＋助動詞（過去）「き」の已然形「しか」＋接続助詞（逆接）「ども」＝《私ハ京中ヲ一回リ歩キ回リマシタガ、》。　⑨この場合は「あり」の丁寧語で、自立動詞ラ変「侍り」の未然形「侍ら」である。（①の「あはれに侍り」の場合は補助動詞の丁寧語である。）＋助動詞（否定）「ず」のザリ系列の連用形「ざり」＋助動詞（過去）「き」の連体形「し」＋接続助詞（逆接）「に」＝《（適当な梅の木が）ゴザイマセンデシタガシカシ、》。　⑩代名詞（指示）「そこそこ」＋助動詞（断定の所在の用法）「なり」の連体形「なる」＋名詞「家」＋格助詞（場所）「に」＝《ドコソコニアル家ニ》。　⑪名詞「様体」＋形容詞（シク活）「うつくし」の連体形「うつくしき」＋助詞（単純接続）「が」＋ラ変動詞「侍り」の連用形＋助動詞（過去）「き」の連体形「し」＋接続助詞（順接）「を」＝《（梅の木の）枝ブリノタイソウ素晴ラシイノガゴザイマシタノデ》。⑫タ行四段動詞「持つ」の連用形「もて」＋ラ行四段動詞「行く・来る」の（謙譲語・丁寧語）「まゐる」の命令形「まゐれ」＝《ソノ木ヲコノ内裏ニ持ッテ来ナサイ》。⑬使役動詞「言わせ」＝［「いふ」の未然形「いは」＋助動詞（使役）「す」の連用形「せ」］＋尊敬の補助動詞「給ふ」の連用形「たまひ」＋助動詞（過去）「き」の已然形「しか」＋接続助詞「ば」（已然形に続いた場合は（確定条件法）＝《ソノ家ノ使用人ニ言ワセナサッタノデ、》。⑭名詞「あるやう」《状態・子細・理由・事情》＋係助詞の二重法「こそ＋は」（強意法）＋格助詞（引用）「とて」＝《キット何カワケガアルニ違イナイト思ッテ・オソラク何カ事情ガアルニキマッイルト思ッテ》。⑮代名詞（疑問）「何」＋係助詞「ぞ」＝《（天皇が）コレハイッタイ何ナノカ》。⑯名詞「勅」＋助動詞（断定）「なり」の已然形「なれ」＋接続助詞「ば」＝《マコトニ恐レ多イ天皇ノゴ命令デスカラ・恐レ多クモ天皇ノオ言葉デスノデ》、形容詞（ク活）「かしこし」は、あらゆる自然物には生命と霊魂があると考えていた古代人が、その霊魂に対して恐れおののく気持ちを表現したのが本来の意味である。自然界に住む同じ人でも知能や人柄・性格や人柄の優れている人への称賛、崇める言葉として使うようになった。

⑰形容詞（シク活）「怪し」［「怪し」は本来、初めて見たり聞いたりしたときに「ああ」と思わず発する感動詞に、「し」が付き遣われるようになった語で、その意味は《不思議だ・神秘的だ・霊妙だ、妙だ・変だ・珍しい、良くない・不都合だ、粗末だ・下賤だ・見苦しい》などと次第に好意的な気持から嫌悪感の意味に使われるように変化した言

葉である。」の連用形「あやしく」＋サ行四段動詞（尊敬語）「思し召す」の連用形「思し召し」＝［「おもほしめす」の変化した語で尊敬の動詞である。単に尊敬の動詞「思す」の連用形「思し」に「召す」が付いた二語ではない。上代において、ハ行四段詞「思ふ」の未然形「思は」に尊敬の助動詞「す」が付いて、「おもはす」の「は（ha）」の母音「あ（a）」が「お（o）」に母音転化して「おもほす」となり、「も（mo）」の心の鼻音（m）音の破裂音（b）に転化して、「おぼほす」となると同時に音節の「ほ（ho）」が脱落して「思ふ」の尊敬語「おぼす」という言葉が成立した。」＋接続助詞「て」＝《不思議ニ思イナサレテ》。⑱ナ行下二段動詞「たづぬ」の未然形「たづね」＋助動詞（使役）「さす」の連用形「させ」＋ハ行四段動詞尊敬の補助動詞「給ふ」の連用形「給ひ」＋助動詞（過去）「けり」の已然形「けれ」＋接続助詞「ば」＝《ソノ家ヲ探シ求メサセナサッタトコロ》。⑲複合名詞「遺恨のわざ」＋格助詞「を」＋係助詞「も」＋サ変動詞「す」の連用形「し」＋助動詞（完了）「たり」の連用形＋助動詞（過去）「けり」の連体形「ける」＋終助詞「かな」＝《マコトニ残念ナコトヲシタモノダナア》。⑳ヤ行下二段動詞「あまゆ」の連用形「あまえ」＋サ行四段動詞「おはします」についてはすでに、二、の『花山天皇の出家』の語句の解説⑥・⑧・⑱をはじめ、その後でも解説してある通りすでに説明済。＋助動詞（過去）「けり」の連体形の余情法。＝《決マリノ悪ソウナゴ様子デシタヨ。》。㉑「今生」は、「後生《ごしょう》」・「他生《たしょう》」の対語＝この世での生涯・一生涯。「辱号《ぞくがう》」は、恥ずかしく感じる自分の評判・恥辱を受けた名・恥ずかしい目にあうこと。㉒代名詞（指示）「これ」＋係助詞（強意）「や」＋ラ変動詞（丁寧の補助動詞）「侍り」の連用形＋助動詞（過去の推量）「けむ」の終止形。＝《コノコトコソガソノ事デゴザイマショウ》。

㉓接続助詞「さるは」＝《「①それというのは・それこそ実は、②そうではあるが実は・そうは言うものの・そのくせ、③その上・それがしかも」の三通りの意味がある。①のグループは、前の内容を受けて、その隠れた実情を説明する時に用いる。②のグループは、前の内容を受けて、それとは逆の意味内容を説明する時に用いる。③のグループは、前の内容に付け加える時に用いる。『さるは』の成立は、古来男性の漢文訓読に用いていた「然」を、平安時代の女性文学では「さ」と読んでいた。その「さ」にラ変動詞の補助動詞がついて「さ→あり（sa→ari）」の二重母音（a-a）の前母音の脱落という日本語の音韻原則の第一項に因り、前母音の（a）が落ちて「sari＝さり」が残り、「は」に続くために「さり」は連体形になって「さるは」と言う言葉が成立したのである。平安時代には「さるは」は逆接の用法が多用されていた。㉔名詞「衣」＝褒美としての衣服。＋「かづけられ」＝枝ぶりの良い梅の木を探してきたということで、主人の繁樹から褒美としてもらった着物を左の肩に架けられたのである。したがってこの場合の「られ」は助動詞（受身）の「らる」の連用形「られ」＋助動詞（完了）「たり」の連用形「たり」＋助動詞（過去）「き」の連体形「し」＋接続助詞（逆接）「も」＝《褒美ノ衣服ヲモラッテ肩ニ架ケラレタノダガ、》。㉕形容詞（ク活）「辛し」の連用形「辛く」＋ラ行四段動詞「なる」の連用形「なり」＋助動詞（完了）「ぬ」の連用形「に」＋助

動詞（過去）「き」の終止形＝《ソレモカエッテ辛クナッテシマッタコトダ。》。㉖形容動詞（ナリ活）「こまやかなり」の連用形「こまやかに」＋ハ行四段動詞「笑ふ」の終止形＝《ニッコリトホホ笑ム。》。＝［形容動詞「こまやかなり」は、人間関係の深浅・濃淡の微妙なところを言い表す場合に遣われてきた言葉である。物の大小の小さい物を言い表す場合には「細かなり」を用いる。「こまやかなり」には、ア、気心が細かいところまで配慮されている意味＝《思いやりがあって親切だ・愛情こまやかだ・丁寧だ、細かなところまで気配りしている・念入りだ・親切だ、思いを込めて微笑んでいるようだ・自然ににんまりとほほ笑んでいるようだ》。イ、形や事柄が小さな様子を言い表す意味＝《こまごましているようだ・小さいようだ》。ウ、形や事柄が細部まで整っていて優れている様子を表す意味＝《きめが細かくて美しいさまだ・技が精密精妙だ》。この場合はアである］。

2．現代語訳

真ニ興味深ク感慨ヲ感ジル事デアリマシタノハ、コノ村上天皇ノ御代ニ、清涼殿ノ御前ノ梅ノ木ガ枯レマシタノデ、ソノ代ワリノ木ヲ探サセマシタトコロ、何トカトイウ蔵人デイラッシャッタトキ、天皇ノ仰セヲオ聞キシテ、ソノ蔵人ガ私ニ「若イ者デハドノヨウナ木ガ良イ物カ見究メガツクマイ、オ前ガ探シテ来イ」トオッシャッタノデ、私ハ西ノ京一面ヲ歩イタケレドモ、アリマセンデシタ。トコロガ西ノ京ノドコソコノ家ニ、色鮮ヤカニ咲イタ梅ノ木デ、ソノ枝ブリノ素晴ラシイ木ガアリマシタノヲ、掘リ起コシテイルト、ソノ家ノ主人ガ、「木ニコレヲ結ビ付ケテ内裏へ持ッテマイレ」トソノ家ノ奉公人ニ言ワセラレタカラ、何カワケガアルノデアロウト思ッテ、内裏へ持チ帰リ控エテオリマスト、天皇ガ枝ニ結ビ付ケタモノヲ見ツケラレテ、「コレハ何カ」トオッシャッテゴ覧ニナルト、女性ノ筆跡デ書イテアリマシタ歌、

勅命デアリマスカラ、マコトニ恐レ多ク謹ンデコノ梅ノ木ハ差シ上ゲマス。シカシ、イツモコノ梅ノ木ニ来慣レテイル鶯ガ、自分ノ宿ハドウナッタノカト問ウタナラバ、ドノヨウニ答エタライイノデショウカ。

ト詠ンデイタノデ、不思議ニオ思イニナッテ、「誰ノ家カ」ト、ソノ家ヲ探シ求メサセラレマスト、ソコハ紀貫之ノ娘サンガ住ム家デアッタヨウダ。天皇ハ「マコトニ残念ナコトヲシタモノダッタナア」ト言ッテ、キマリ悪ソウニシテイラッシャッタ。重樹コノ生涯中ノ恥辱ノ評判ハ、コレ以外ニハアリマセン。ソレナノニ、「思ウ通リノ梅ノ木ヲ持ッテマイッタ」ト言ッテ、褒美ノ衣類ヲ賜ッタケレドモ、ソレモカエッテ辛ク感ジタ。ト言ッテ、思ワズ知ラズニッコリトホホ笑ンダ。

3．補説と鑑賞

（1）村上天皇の天暦年間十年余のうちのいつとは明確ではないが、清涼殿の梅の木が枯れたのを村上天皇のお気に召すような枝ぶりの良い代わりとなるような木を探し求めて移植するというのだから、枯れたことが判明するのは早春の花の時季で

あり、それが決定的になるのは新芽の葉が出ない事である。つまり初春であり、移植するとなれば梅雨直前という時期である。夏山茂樹が京の都のうちを探し回っても、天皇のご期待に応えるような良いものが見つからなくて困っていたところ、西の京に枝ぶりの良い木があることを耳にした繁樹は、早速その木の持ち主に理由を言って掘り起こし宮中に運び込んだ事であろう。

（2）この時、繁樹はその梅の木の持ち主と直接話し合ってはいなかったのである。その家の召使が出てきて、その召使を通じて主人に連絡してもらい、了解を得たものと思ってもらってきたことは想像できる。その時召使が梅の木の枝に結びつけた物は繁樹には何か理解しないまま、宮中に戻って来て、天皇がその結ばれたものをご覧になって天皇と共に、初めてその内容を理解したのである。村上天皇はこの歌の女性らしい鶯への思いやりに感動され、すぐさまその女性主人の家を探させ、紀貫之の娘のうちであることを確認し、「自分の身分を立てにたれでも喜んで梅の木一本くらいという天皇の平素の想いが、この場合は相手が貫之の娘で歌の資質もあり、鶯の気持ちを率直に詠んだ歌に天皇は遺憾の気持ちを受け大いに気になされ、さすがに紀貫之の娘であると感心されたうえに、天皇のお気に召した梅の木を探してきた繁樹にまで褒美として衣服を賜った天皇の優しさに、しみじみと心打たれているのである。

あとがき

王朝時代の文学作品二編を取り上げたが、『伊勢物語』は、先の「和歌文学《やまとうた》」の中の「古今集」と「新古今集」に在原業平の歌を多く採択した関係で、その続編のような形態になったが、なんといっても高校生の古典学習は『竹取物語』と『伊勢物語』から始まると言われている。どこの教科書にも「東行」と『筒井筒』は扱われている。その他は『伊勢物語』百二十五段中、多く採り上げられている段から十一段を選び、ここに採択した。王朝時代という歴史的区分はないが、第二章第一節の終わりの部分でも既述したように、桓武天皇が平安京に遷都した年（794）から、源頼朝が征夷大将軍として鎌倉幕府を開いた年（1192）の間の平安京のあった京都を中心に政治・文化の繁栄した時期、つまり「平安時代」を「王朝時代」と言っている。この間の文学作品は多く、概観してみると前期には主に男性による漢詩・漢文・説話・歌集などが中心で、中ごろになると女性による仮名文学が盛んになり『源氏物語』をはじめ『宇津保・落窪・夜の寝覚』などの物語文学に加え、日記文学や随筆文学も女性によって書かれている。後半期になると『大鏡』・『今鏡』などの歴史文学の他にこれまでの説話文学・物語文学・勅撰和歌集などが継続的に書き続けられている。

『王朝物語文学』として編集したシリーズの五巻目の内容に、高校生の教科書に最も採択の多い『伊勢物語』と『大鏡』の各段落の部分を取り上げて解説を続けてきた。

高校生の参考書は、教科に関わらず学習者諸君に分かるように詳しい説明が要求されるために特に、このシリーズ『日本語を科学する』の応用編の項目に採り上げられている各古典での、「語句の解説」の項は、こまごました分析的な解説が長く続くことになる。それにも関わらずこれまで、基礎編の二編三冊と応用編の三編六冊をここに刊行するに至ったのも出版プロデューサー今井恒雄氏、展望社唐澤明義社長をはじめ、この仕事に携わって下さった皆様のご協力の賜と心底より深甚なる敬意を捧げ、謝意を申し上げたい。

令和五年四月

シリーズ『日本語を科学する』著者

【参考資料】

『日本古典文学大系』「竹取物語・伊勢物語・大和物語」《岩波書店》
『日本古典文学全書』《小学館》
『日本古典文学大系』「大鏡」《岩波書店》
『日本古典文学全集』「大鏡」《小学館》
『日本文学大事典』「万葉集一～四」《新潮社》
『日本文学大辞典』《角川書店》
『日本通史』「第5巻　古代4」《岩波講座》
『日本の歴史』「王朝と貴族」《集英社》
『日本の歴史』「5　王朝の貴族」《中央公論社》

塩谷 典（しおたに つかさ）

昭和７年（1932）名古屋市生まれ。三重県立尾鷲高等学校を始め、同県立員弁高等学校。愛知県古知野高等学校・同県立一宮高等学校・同県立熱田高等学校・同県立児玉高等学校などに在職。

公立高等学校勤務の間に、全国高等学校生活指導研究協議会［略称「全国校生研」］事務局・全国高等学校定時制通信制教頭会全国理事・愛知県高等学校定時制通信制教育振興会［略称「愛知定通教育振興会」］事務局・名古屋市少年補導委員会委員など兼務。六十歳にて公立高校を定年退職。

その間の共著・論文・記事・報告書など多数。

公立学校定年後は、私立尾張学園名古屋大谷高等学校に在職、六十五歳の定年まで勤務。教員歴は四十三年。

現在、愛媛県の最北の島嶼部に在住。転居後の著書に、シリーズ『日本語を科学する』の基礎編「言語・音韻編」（北辰堂出版）及び「文法編」（上・下巻）に続いて応用編の「説話物語文学編」「和歌文学編」（以上展望社）。

日本語を科学する《王朝物語文学編》

令和５年７月10日発行

著者 / 塩谷 典

発行者 / 唐澤明義

発行 / 株式会社展望社

〒112-0002 東京都文京区小石川３-１-７エコービルⅡ 202

TEL：03-3814-1997 FAX：03-3814-3063

http：//tembo-books.jp/

編集・制作 / 今井恒雄

印刷・製本 / モリモト印刷株式会社

©2023 Siotani Tsukasa Printed in Japan

ISBN 978-4-88546-429-4 定価はカバーに表記

好評発売中

日本語を科学する

―言語・音韻編―

塩谷 典

ISBN978-4-86427-181-3

上代から今日までの日本語の変遷を、多くの資料を概観したうえで、今日遣われるに至った過程を、教科書に出ている語彙を中心に例示しながら分かりやすく解説!!

四六版並製　本体920円＋税10％

発行：北辰堂出版・発売：展望社

好評発売中

日本語を科学する

塩谷 典

－文法編－上巻

ISBN：978-4-88546-332-7

－文法編－下巻

ISBN：978-4-88546-330-3

国語学習の基本である文法を例文は出来るだけ中・高校の教科書から選び、優しくわかりやすく解説!!

各 四六版並製　本体920円＋税 10％

展望社

好評発売中

日本語を科学する

説話物語文学編

塩谷 典

ISBN:978-4-88546-377-8

日本文学の源流を、いろいろな資料を取り入れながら、一般的な読みものとしても興味関心が深まることを願って書き下ろした、著者渾身の一冊!!

四六版並製　本体920円+税10%

展望社

好評発売中

日本語を科学する

和歌文学編

塩谷 典

ISBN978-4-88546-418-8

わが国の韻文の最古のものである和歌―。「万葉集」「古今和歌集」「新古今和歌集」の中から高校生に馴染んだ名歌を採りあげて綿密に解説した労作！「日本語を科学する」の第四弾！！

四六版並製　本体900円＋税10％

展望社